Beobachtungen über das Gefühl des Schönen und Erhabenen

Immanuel Kant

Erster Abschnitt.

Von den unterschiedenen Gegenständen des Gefühls vom Erhabenen und Schönen.

Die verschiedene Empfindungen des Vergnügens oder des Verdrusses beruhen nicht so sehr auf der Beschaffenheit der äußeren Dinge, die sie erregen, als auf dem jedem Menschen eigenen Gefühle dadurch mit Lust oder Unlust gerührt zu werden. Daher kommen die Freuden einiger Menschen, woran andre einen Ekel haben, die verliebte Leidenschaft, die öfters jedermann ein Räthsel ist, oder auch der lebhafte Widerwille, den der eine woran empfindet, was dem andern völlig gleichgültig ist. Das Feld der Beobachtungen dieser Besonderheiten der menschlichen Natur erstreckt sich sehr weit und verbirgt annoch einen reichen Vorrath zu Entdeckungen, die eben so anmuthig als lehrreich sind. Ich werfe für jetzt meinen Blick nur auf einige Stellen, die sich in diesem Bezirke besonders auszunehmen scheinen, und auch auf diese mehr das Auge eines Beobachters als des Philosophen.

Weil ein Mensch sich nur in so fern glücklich findet, als er eine Neigung befriedigt, so ist das Gefühl, welches ihn fähig macht große Vergnügen zu genießen, ohne dazu ausnehmende Talente zu bedürfen, gewiß nicht eine Kleinigkeit. Wohlbeleibte Personen, deren geistreichster Autor ihr Koch ist und deren Werke von seinem Geschmack sich in ihrem Keller befinden, werden bei gemeinen Zoten und einem plumpen Scherz in eben so lebhafte Freude gerathen, als diejenige ist, worauf Personen von edeler Empfindung so stolz thun. Ein bequemer Mann, der die Vorlesung der Bücher liebt, weil es sich sehr wohl dabei einschlafen läßt, der Kaufmann, dem alle Vergnügen läppisch scheinen, dasjenige ausgenommen, was ein kluger Mann genießt, wenn er seinen Handlungsvortheil überschlägt, derjenige, der das andre Geschlecht nur in so fern liebt, als er es zu den genießbaren Sachen zählt, der Liebhaber der Jagd, er mag nun Fliegen jagen wie Domitian oder wilde Thiere wie A.., alle diese haben ein Gefühl, welches sie fähig macht Vergnügen nach ihrer Art zu genießen, ohne daß sie andere beneiden dürfen oder auch von andern sich einen Begriff machen können; allein ich wende für jetzt darauf keine Aufmerksamkeit. Es giebt noch ein Gefühl von feinerer Art, welches entweder darum so genannt wird, weil man es länger ohne Sättigung und Erschöpfung genießen kann, oder weil es so zu sagen eine Reizbarkeit der Seele voraussetzt, die diese zugleich zu tugendhaften Regungen geschickt macht, oder weil es Talente und Verstandesvorzüge anzeigt, da im Gegentheil jene bei völliger Gedankenlosigkeit statt finden können. Dieses Gefühl ist es, wovon ich eine Seite betrachten will. Doch schließe ich hievon die Neigung aus, welche auf hohe Verstandes-Einsichten geheftet ist, und den Reiz, dessen ein *Kepler* fähig war, wenn er, wie *Bayle* berichtet, eine seiner Erfindungen nicht um ein Fürstenthum würde verkauft haben. Diese Empfindung ist gar zu fein, als daß sie in gegenwärtigen Entwurf gehören sollte, welcher nur das sinnliche Gefühl berühren wird, dessen auch gemeinere Seelen fähig sind.

Das feinere Gefühl, was wir nun erwägen wollen, ist vornehmlich zwiefacher Art: das Gefühl des Erhabenen und des Schönen. Die Rührung von beiden ist angenehm, aber auf sehr verschiedene Weise. Der Anblick eines Gebirges, dessen beschneite Gipfel sich über Wolken erheben, die Beschreibung eines rasenden Sturms, oder die Schilderung des höllischen Reichs von *Milton* erregen Wohlgefallen, aber mit Grausen; dagegen die Aussicht auf blumenreiche Wiesen, Thäler mit schlängelnden Bächen, bedeckt von weidenden Heerden, die Beschreibung des Elysium, oder *Homers*Schilderung von dem Gürtel der Venus veranlassen auch eine angenehme Empfindung, die aber fröhlich und lächelnd ist. Damit jener Eindruck auf uns in gehöriger Stärke geschehen könne, so müssen wir ein *Gefühl des Erhabenen* und, um die letztere recht zu genießen, ein *Gefühl* für das *Schöne* haben. Hohe Eichen und einsame Schatten im heiligen Haine sind *erhaben*, Blumenbetten, niedrige Hecken und in Figuren geschnittene Bäume sind *schön*. Die Nacht ist*erhaben*, der Tag ist *schön*. Gemüthsarten, die ein Gefühl für das Erhabene besitzen, werden durch die ruhige Stille eines Sommerabendes, wenn das zitternde Licht der Sterne durch die braune Schatten der Nacht hindurch bricht und der einsame Mond im Gesichtskreise steht, allmählig in hohe Empfindungen gezogen, von Freundschaft, von Verachtung der Welt, von Ewigkeit. Der glänzende Tag flößt geschäftigen Eifer und ein Gefühl von Lustigkeit ein. Das Erhabene **rührt**, das Schöne **reizt**. Die Miene des Menschen, der im vollen Gefühl des Erhabnen sich befindet, ist ernsthaft, bisweilen starr und erstaunt. Dagegen kündigt sich die lebhafte Empfindung des Schönen durch glänzende Heiterkeit in den Augen, durch Züge des Lächlens und oft durch laute Lustigkeit an. Das Erhabene ist wiederum verschiedener Art. Das Gefühl desselben ist bisweilen mit einigem Grausen oder auch Schwermuth, in einigen Fällen blos mit ruhiger Bewunderung und in noch andern mit einer über einen erhabenen Plan verbreiteten Schönheit begleitet. Das erstere will ich das **Schreckhaft-Erhabene**, das zweite das **Edle** und das dritte das **Prächtige** nennen. Tiefe Einsamkeit ist erhaben, aber auf eine schreckhafte Art. Daher große, weitgestreckte Einöden, wie die ungeheure Wüste Schamo in der Tartarei, jederzeit Anlaß gegeben haben fürchterliche Schatten, Kobolde und Gespensterlarven dahin zu versetzen.

Das Erhabene muß jederzeit groß, das Schöne kann auch klein sein. Das Erhabene muß einfältig, das Schöne kann geputzt und geziert sein. Eine große Höhe ist eben so wohl erhaben als eine große Tiefe; allein diese ist mit der Empfindung des Schauderns begleitet, jene mit der Bewunderung; daher diese Empfindung schreckhaft erhaben und jene edel sein kann. Der Anblick einer ägyptischen Pyramide rührt, wie *Hasselquest* berichtet, weit mehr, als man sich aus aller Beschreibung es vorstellen kann, aber ihr Bau ist einfältig und edel. Die Peterskirche in Rom ist prächtig. Weil auf diesen Entwurf, der groß und einfältig ist, Schönheit, z. E. Gold, mosaische Arbeit u. u. so verbreitet ist, daß die Empfindung des Erhabenen doch am meisten hindurch wirkt, so heißt der Gegenstand prächtig. Ein Arsenal muß edel und einfältig, ein Residenzschloß prächtig und ein Lustpalast schön und geziert sein.

Eine lange Dauer ist erhaben. Ist sie von vergangener Zeit, so ist sie edel; wird sie in einer unabsehlichen Zukunft voraus gesehen, so hat sie etwas vom Schreckhaften an sich. Ein Gebäude aus dem entferntesten Alterthum ist ehrwürdig. *Hallers* Beschreibung von der künftigen Ewigkeit flößt ein sanftes Grausen und von der vergangenen starre Bewunderung ein.

Zweiter Abschnitt.

Von den Eigenschaften des Erhabenen und Schönen am Menschen überhaupt.

Verstand ist erhaben, Witz ist schön. Kühnheit ist erhaben und groß, List ist klein, aber schön. Die Behutsamkeit, sagte *Cromwell*, ist eine Bürgermeistertugend. Wahrhaftigkeit und Redlichkeit ist einfältig und edel,

Scherz und gefällige Schmeichelei ist fein und schön. Artigkeit ist die Schönheit der Tugend. Uneigennütziger Diensteifer ist edel, Geschliffenheit (Politesse) und Höflichkeit sind schön. Erhabene Eigenschaften flößen Hochachtung, schöne aber Liebe ein. Leute, deren Gefühl vornehmlich auf das Schöne geht, suchen ihre redliche, beständige und ernsthafte Freunde nur in der Noth auf; den scherzhaften, artigen und höflichen Gesellschafter aber erwählen sie sich zum Umgange. Man schätzt manchen viel zu hoch, als daß man ihn lieben könne. Er flößt Bewunderung ein, aber er ist zu weit über uns, als daß wir mit der Vertraulichkeit der Liebe uns ihm zu nähern getrauen.

Diejenige, welche beiderlei Gefühl in sich vereinbaren, werden finden: daß die Rührung von dem Erhabenen mächtiger ist wie die vom Schönen, nur daß sie ohne Abwechselung oder Begleitung der letzteren ermüdet und nicht so lange genossen werden kann. Die hohen Empfindungen, zu denen die Unterredung in einer Gesellschaft von guter Wahl sich bisweilen erhebt, müssen sich dazwischen in heiteren Scherz auflösen, und die lachende Freuden sollen mit der gerührten, ernsthaften Miene den schönen Contrast machen, welcher beide Arten von Empfindung ungezwungen abwechseln läßt. *Freundschaft* hat hauptsächlich den Zug des Erhabenen. *Geschlechterliebe* aber des Schönen an sich. Doch geben Zärtlichkeit und tiefe Hochachtung der letzteren eine gewisse Würde und Erhabenheit, dagegen gaukelhafter Scherz und Vertraulichkeit das Colorit des Schönen in dieser Empfindung erhöhen. Das *Trauerspiel*unterscheidet sich meiner Meinung nach vom *Lustspiele* vornehmlich darin: daß in dem ersteren das Gefühl fürs*Erhabene*, im zweiten für das *Schöne* gerührt wird. In dem ersteren zeigen sich großmüthige Aufopferung für fremdes Wohl, kühne Entschlossenheit in Gefahren und geprüfte Treue. Die Liebe ist daselbst schwermüthig, zärtlich und voll Hochachtung; das Unglück anderer bewegt in dem Busen des Zuschauers theilnehmende Empfindungen und läßt sein großmüthig Herz für fremde Noth klopfen. Er wird sanft gerührt und fühlt die Würde seiner eigenen Natur. Dagegen stellt das Lustspiel feine Ränke, wunderliche Verwirrungen und Witzige, die sich herauszuziehen wissen, Narren, die sich betrügen lassen, Spaße und lächerliche Charaktere vor. Die Liebe ist hier nicht so grämisch, sie ist lustig und vertraulich. Doch können so wie in andern Fällen, also auch in diesen das Edle mit dem Schönen in gewissem Grade vereinbart werden.

Selbst die Laster und moralische Gebrechen führen öfters gleichwohl einige Züge des Erhabenen oder Schönen bei sich; wenigstens so wie sie unserem sinnlichen Gefühl erscheinen, ohne durch Vernunft geprüft zu sein. Der Zorn eines Furchtbaren ist erhaben, wie Achilles' Zorn in der Iliade. Überhaupt ist der Held des *Homers schrecklich erhaben*, des*Virgils* seiner dagegen *edel*. Offenbare dreiste Rache nach großer Beleidigung hat etwas Großes an sich, und so unerlaubt sie auch sein mag, so rührt sie in der Erzählung gleichwohl mit Grausen und Wohlgefallen. Als Schach Nadir zur Nachtzeit von einigen Verschwornen in seinem Zelte überfallen ward, so rief er, wie Hanway erzählt, nachdem er schon einige Wunden bekommen und sich voll Verzweifelung wehrte: *Erbarmung! ich will euch allen vergeben.* Einer unter ihnen antwortete, indem er den Säbel in die Höhe hob: *Du hast keine Erbarmung bewiesen und verdienst auch keine.* Entschlossene Verwegenheit an einem Schelmen ist höchst gefährlich, aber sie rührt doch in der Erzählung, und selbst wenn er zu einem schändlichen Tode geschleppt wird, so veredelt er ihn noch gewissermaßen dadurch, daß er ihm trotzig und mit Verachtung entgegen geht. Von der andern Seite hat ein listig ausgedachter Entwurf, wenn er gleich auf ein Bubenstück ausgeht, etwas an sich, was fein ist und belacht wird. Buhlerische Neigung (Coquetterie) im feinen Verstande, nämlich eine Geflissenheit einzunehmen und zu reizen, an einer sonst artigen Person ist vielleicht tadelhaft, aber doch schön und wird gemeiniglich dem ehrbaren, ernsthaften Anstande vorgezogen.

Die Gestalt der Personen, die durch ihr äußeres Ansehen gefallen, schlägt bald in eine, bald in die andere Art des Gefühls ein. Eine große Statur erwirbt sich Ansehen und Achtung, eine kleine mehr Vertraulichkeit. Selbst die bräunliche Farbe und schwarze Augen sind dem Erhabenen, blaue Augen und blonde Farbe dem Schönen näher verwandt. Ein etwas größeres Alter vereinbart sich mehr mit den Eigenschaften des Erhabenen, Jugend aber mit denen des Schönen. So ist es auch mit dem Unterschiede der Stände bewandt, und in allen diesen nur erwähnten Beziehungen müssen sogar die Kleidungen auf diesen Unterschied des Gefühls eintreffen. Große, ansehnliche Personen müssen Einfalt, höchstens Pracht in ihrer Kleidung beobachten, kleine können geputzt und geschmückt sein. Dem Alter geziemen dunklere Farben und Einförmigkeit im Anzuge, die Jugend schimmert durch hellere und lebhaft abstechende Kleidungsstücke. Unter den Ständen muß bei gleichem Vermögen und Range der Geistliche die größte Einfalt, der Staatsmann die meiste Pracht zeigen. Der Cicisbeo kann sich ausputzen, wie es ihm beliebt.

Auch in äußerlichen Glücksumständen ist etwas, das wenigstens nach dem Wahne der Menschen in diese Empfindungen einschlägt: Geburt und Titel finden die Menschen gemeiniglich zur Achtung geneigt. Reichthum auch ohne Verdienste wird selbst von Uneigennützigen geehrt, vermuthlich weil sich mit seiner Vorstellung Entwürfe von großen Handlungen vereinbaren, die dadurch könnten ausgeführt werden. Diese Achtung trifft gelegentlich auch manchen reichen Schurken, der solche Handlungen niemals ausüben wird und von dem edlen Gefühl keinen Begriff hat, welches Reichthümer einzig und allein schätzbar machen kann. Was das Übel der Armut vergrößert, ist die Geringschätzung, welche auch nicht durch Verdienste gänzlich kann überwogen werden, wenigstens nicht vor gemeinen Augen, wo nicht Rang und

Titel dieses plumpe Gefühl täuschen und einigermaßen zu dessen Vortheil hintergehen.

In der menschlichen Natur finden sich niemals rühmliche Eigenschaften, ohne daß zugleich Abartungen derselben durch unendliche Schattirungen bis zur äußersten Unvollkommenheit übergehen sollten. Die Eigenschaft des*Schrecklich-Erhabenen*, wenn sie ganz unnatürlich wird, ist *abenteuerlich*. Unnatürliche Dinge, in so fern das Erhabene darin gemeint ist, ob es gleich wenig oder gar nicht angetroffen wird, sind *Fratzen*. Wer das Abenteuerliche liebt und glaubt, ist ein *Phantast*, die Neigung zu Fratzen macht den *Grillenfänger*. Andererseits artet das Gefühl des Schönen aus, wenn das Edle dabei gänzlich mangelt, und man nennt es *läppisch*. Eine Mannsperson von dieser Eigenschaft, wenn sie jung ist, heißt ein *Laffe* ; ist sie im mittleren Alter, so ist es ein *Geck*. Weil dem höheren Alter das Erhabene am nothwendigsten ist, so ist ein *alter Geck* das verächtlichste Geschöpf in der Natur, so wie ein junger Grillenfänger das widrigste und unleidlichste ist. Scherze und Munterkeit schlagen in das Gefühl des Schönen ein. Gleichwohl kann noch ziemlich viel Verstand hindurchscheinen, und in so fern können sie mehr oder weniger dem Erhabenen verwandt sein. Der, in dessen Munterkeit diese Dazumischung unmerklich ist, *faselt*. Der beständig faselt, ist*albern*. Man merkt leicht, daß auch kluge Leute bisweilen faseln, und daß nicht wenig Geist dazu gehöre den Verstand eine kurze Zeit von seinem Posten abzurufen, ohne daß dabei etwas versehen wird. Derjenige, dessen Reden oder Handlungen weder belustigen noch rühren, ist *langweilig*. Der Langweilige, in so fern er gleichwohl beides zu thun geschäftig ist, ist *abgeschmackt*. Der Abgeschmackte, wenn er aufgeblasen ist, ist ein *Narr*.

Ich will diesen wunderlichen Abriß der menschlichen Schwachheiten durch Beispiele etwas verständlicher machen; denn der, welchem Hogarths Grabstichel fehlt, muß, was der Zeichnung am Ausdrucke mangelt, durch Beschreibung ersetzen. Kühne Übernehmung der Gefahren für unsere, des Vaterlandes, oder unserer Freunde Rechte ist erhaben. Die Kreuzzüge, die alte Ritterschaft waren *abenteuerlich*; die Duelle, ein elender Rest der letztern aus einem verkehrten Begriff des Ehrenrufs, sind *Fratzen*. Schwermüthige Entfernung von dem Geräusche der Welt aus einem rechtmäßigen Überdrusse ist *edel*. Der alten Eremiten einsiedlerische Andacht war *abenteuerlich*. Klöster und dergleichen Gräber, um lebendige Heilige einzusperren, sind *Fratzen*. Bezwingung seiner Leidenschaften durch Grundsätze ist *erhaben*. Kasteiungen, Gelübde und andere Mönchstugenden mehr sind *Fratzen*. Heilige Knochen, heiliges Holz und aller dergleichen Plunder, den heiligen Stuhlgang des großen Lama von Tibet nicht ausgeschlossen, sind *Fratzen*. Von den Werken des Witzes und des feinen Gefühls fallen die epische Gedichte des Virgils und Klopstocks ins *Edle*, Homers und Miltons ins *Abenteuerliche.* Die Verwandelungen des Ovids sind *Fratzen,* die Feenmärchen des französischen Aberwitzes sind die elendesten Fratzen, die jemals ausgeheckt worden. Anakreontische Gedichte sind gemeiniglich sehr nahe dem *Läppischen.*

Die Werke des Verstandes und Scharfsinnigkeit, in so fern ihre Gegenstände auch etwas für das Gefühl enthalten, nehmen gleichfalls einigen Antheil an den gedachten Verschiedenheiten. Die mathematische Vorstellung von der unermeßlichen Größe des Weltbaues, die Betrachtungen der Metaphysik von der Ewigkeit, der Vorsehung, der Unsterblichkeit unserer Seele enthalten eine gewisse Erhabenheit und Würde. Hingegen wird die Weltweisheit auch durch viel leere Spitzfindigkeiten entstellt, und der Anschein der Gründlichkeit hindert nicht, daß die vier syllogistischen Figuren nicht zu Schulfratzen gezählt zu werden verdienten.

In moralischen Eigenschaften ist wahre Tugend allein erhaben. Es giebt gleichwohl gute sittliche Qualitäten, die liebenswürdig und schön sind und, in so fern sie mit der Tugend harmonieren, auch als edel angesehen werden, ob sie gleich eigentlich nicht zur tugendhaften Gesinnung gezählt werden können. Das Urtheil hierüber ist fein und verwickelt. Man kann gewiß die Gemüthsverfassung nicht tugendhaft nennen, die ein Quell solcher Handlungen ist, auf welche zwar auch die Tugend hinauslaufen würde, allein aus einem Grunde, der nur zufälliger Weise damit übereinstimmt, seiner Natur nach aber den allgemeinen Regeln der Tugend auch öfters widerstreiten kann. Eine gewisse Weichmüthigkeit, die leichtlich in ein warmes Gefühl des *Mitleidens* gesetzt wird, ist schön und liebenswürdig; denn es zeigt eine gütige Theilnehmung an dem Schicksale anderer Menschen an, worauf Grundsätze der Tugend gleichfalls hinausführen. Allein diese gutartige Leidenschaft ist gleichwohl schwach und jederzeit blind. Denn setzet, diese Empfindung bewege euch, mit eurem Aufwande einem Nothleidenden aufzuhelfen, allein ihr seid einem andern schuldig und setzt euch dadurch außer Stand, die strenge Pflicht der Gerechtigkeit zu erfüllen, so kann offenbar die Handlung aus keinem tugendhaften Vorsatze entspringen, denn ein solcher könnte euch unmöglich anreizen eine höhere Verbindlichkeit dieser blinden Bezauberung aufzuopfern. Wenn dagegen die allgemeine Wohlgewogenheit gegen das menschliche Geschlecht in euch zum Grundsatze geworden ist, welchem ihr jederzeit eure Handlungen unterordnet, alsdann bleibt die Liebe gegen den Nothleidenden noch, allein sie ist jetzt aus einem höhern Standpunkte in das wahre Verhältniß gegen eure gesammte Pflicht versetzt worden. Die allgemeine Wohlgewogenheit ist ein Grund der Theilnehmung an seinem Übel, aber auch zugleich der Gerechtigkeit, nach deren Vorschrift ihr jetzt diese Handlung unterlassen müsset. So bald nun dieses Gefühl zu seiner gehörigen Allgemeinheit gestiegen ist, so ist es erhaben, aber auch kälter.

Denn es ist nicht möglich, daß unser Busen für jedes Menschen Antheil von Zärtlichkeit aufschwelle und bei jeder fremden Noth in Wehmuth schwimme, sonst würde der Tugendhafte, unaufhörlich in mitleidigen Thränen wie Heraklit schmelzend, bei aller dieser Gutherzigkeit gleichwohl nichts weiter als ein weichmüthiger Müßiggänger werden.

Die zweite Art des gütigen Gefühls, welches zwar schön und liebenswürdig, aber noch nicht die Grundlage einer wahren Tugend ist, ist die *Gefälligkeit*, eine Neigung, andern durch Freundlichkeit, durch Einwilligung in ihr Verlangen und durch Gleichförmigkeit unseres Betragens mit ihren Gesinnungen angenehm zu werden. Dieser Grund einer reizenden Geselligkeit ist schön und die Biegsamkeit eines solchen Herzens gutartig. Allein sie ist so gar keine Tugend, daß, wo nicht höhere Grundsätze ihr Schranken setzen und sie schwächen, alle Laster daraus entspringen können. Denn nicht zu gedenken, daß diese Gefälligkeit gegen die, mit welchen wir umgehen, sehr oft eine Ungerechtigkeit gegen andre ist, die sich außer diesem kleinen Zirkel befinden, so wird ein solcher Mann, wenn man diesen Antrieb allein nimmt, alle Laster haben können, nicht aus unmittelbarer Neigung, sondern weil er gerne zu gefallen lebt. Er wird aus liebreicher Geselligkeit ein Lügner, ein Müßiggänger, ein Säufer u. u. sein, denn er handelt nicht nach den Regeln, die auf das Wohlverhalten überhaupt gehen, sondern nach einer Neigung, die an sich schön, aber indem sie ohne Haltung und ohne Grundsätze ist, läppisch wird.

Demnach kann wahre Tugend nur auf Grundsätze gepfropft werden, welche, je allgemeiner sie sind, desto erhabener und edler wird sie. Diese Grundsätze sind nicht speculativische Regeln, sondern das Bewußtsein eines Gefühls, das in jedem menschlichen Busen lebt und sich viel weiter als auf die besondere Gründe des Mitleidens und der Gefälligkeit erstreckt. Ich glaube, ich fasse alles zusammen, wenn ich sage, es sei das **Gefühl von der Schönheit und der Würde der menschlichen Natur**. Das erstere ist ein Grund der allgemeinen Wohlgewogenheit, das zweite der allgemeinen Achtung, und wenn dieses Gefühl die größte Vollkommenheit in irgend einem menschlichen Herzen hätte, so würde dieser Mensch sich zwar auch selbst lieben und schätzen, aber nur in so fern er einer von allen ist, auf die sein ausgebreitetes und edles Gefühl sich ausdehnt. Nur indem man einer so erweiterten Neigung seine besondere unterordnet, können unsere gütige Triebe proportionirt angewandt werden und den edlen Anstand zuwege bringen, der die Schönheit der Tugend ist.

In Ansehung der Schwäche der menschlichen Natur und der geringen Macht, welche das allgemeine moralische Gefühl über die mehrste Herzen ausüben würde, hat die Vorsehung dergleichen hülfleistende Triebe als Supplemente der Tugend in uns gelegt, die, indem sie einige auch ohne Grundsätze zu schönen Handlungen bewegen, zugleich andern, die durch diese letztere regiert werden, einen größeren Stoß und einen stärkern Antrieb dazu geben können. Mitleiden und Gefälligkeit sind Gründe von schönen Handlungen, die vielleicht durch das Übergewicht eines gröberen Eigennutzes insgesammt würden erstickt werden, allein nicht unmittelbare Gründe der Tugend, wie wir gesehen haben, obgleich, da sie durch die Verwandtschaft mit ihr geadelt werden, sie auch ihren Namen erwerben. Ich kann sie daher *adoptirte Tugenden* nennen, diejenige aber, die auf Grundsätzen beruht, die *ächte Tugend*. Jene sind schön und reizend, diese allein ist erhaben und ehrwürdig. Man nennt ein Gemüth, in welchem die erstere Empfindungen regieren, ein *gutes Herz* und den Menschen von solcher Art *gutherzig*; dagegen man mit Recht dem Tugendhaften aus Grundsätzen ein *edles Herz* beilegt, ihn selber aber einen *rechtschaffenen* nennt. Diese adoptirte Tugenden haben gleichwohl mit den wahren Tugenden große Ähnlichkeit, indem sie das Gefühl einer unmittelbaren Lust an gütigen und wohlwollenden Handlungen enthalten. Der Gutherzige wird ohne weitere Absicht aus unmittelbarer Gefälligkeit friedsam und höflich mit euch umgehen und aufrichtiges Beileid bei der Noth eines andern empfinden.

Allein da diese moralische Sympathie gleichwohl noch nicht genug ist, die träge menschliche Natur zu gemeinnützigen Handlungen anzutreiben, so hat die Vorsehung in uns noch ein gewisses Gefühl gelegt, welches fein ist und uns in Bewegung setzen, oder auch dem gröberen Eigennutze und der gemeinen Wollust das Gleichgewicht leisten kann. Dieses ist das *Gefühl für Ehre* und dessen Folge die *Scham*. Die Meinung, die andere von unserm Werthe haben mögen, und ihr Urtheil von unsern Handlungen ist ein Bewegungsgrund von großem Gewichte, der uns manche Aufopferungen ablockt, und was ein guter Theil der Menschen weder aus einer unmittelbar aufsteigenden Regung der Gutherzigkeit, noch aus Grundsätzen würde gethan haben, geschieht oft genug bloß um des äußeren Scheines willen aus einem Wahne, der sehr nützlich, obzwar an sich selbst sehr seicht ist, als wenn das Urtheil anderer den Werth von uns und unsern Handlungen bestimmte. Was aus diesem Antriebe geschieht, ist nicht im mindesten tugendhaft, weswegen auch ein jeder, der für einen solchen gehalten werden will, den Bewegungsgrund der Ehrbegierde wohlbedächtig verhehlt. Es ist auch diese Neigung nicht einmal so nahe wie die Gutherzigkeit der ächten Tugend verwandt, weil sie nicht unmittelbar durch die Schönheit der Handlungen, sondern durch den in fremde Augen fallenden Anstand derselben bewegt werden kann. Ich kann demnach, da gleichwohl das Gefühl für Ehre fein ist, das Tugendähnliche, was dadurch veranlaßt wird, den *Tugendschimmer* nennen.

Vergleichen wir die Gemüthsarten der Menschen, in so fern eine von diesen drei Gattungen des Gefühls in ihnen herrscht und den moralischen Charakter bestimmt, so finden wir, daß eine jede derselben mit einem der gewöhnlichermaßen eingetheilten Temperamente in näherer Verwandtschaft stehe, doch so, daß über dieses ein größerer Mangel des moralischen Gefühls dem phlegmatischen zum Antheil werden würde. Nicht als wenn das Hauptmerkmal in dem Charakter dieser verschiedenen Gemüthsarten auf die gedachte Züge ankäme; denn das gröbere Gefühl, z. E. des Eigennutzes, der gemeinen Wollust u. u., erwägen wir in dieser Abhandlung gar nicht, und auf dergleichen Neigungen wird bei der gewöhnlichen Eintheilung gleichwohl vorzüglich gesehen; sondern weil die erwähnte feinere moralische Empfindungen sich leichter mit einem oder dem andern dieser Temperamente vereinbaren lassen und wirklich meistentheils damit vereinigt sind.

Ein innigliches Gefühl für die Schönheit und Würde der menschlichen Natur und eine Fassung und Stärke des Gemüths, hierauf als auf einen allgemeinen Grund seine gesammte Handlungen zu beziehen, ist ernsthaft und gesellt sich nicht wohl mit einer flatterhaften Lustigkeit, noch mit dem Unbestand eines Leichtsinnigen. Es nähert sich sogar der Schwermuth, einer sanften und edlen Empfindung, in so fern sie sich auf dasjenige Grausen gründet, das eine eingeschränkte Seele fühlt, wenn sie, von einem großen Vorsatze voll, die Gefahren sieht, die sie zu überstehen hat, und den schweren, aber großen Sieg der Selbstüberwindung vor Augen hat. Die ächte Tugend also aus Grundsätzen hat etwas an sich, was am meisten mit der *melancholischen* Gemüthsverfassung im gemilderten Verstande zusammenzustimmen scheint.

Die Gutherzigkeit, eine Schönheit und feine Reizbarkeit des Herzens, nach dem Anlaß, der sich vorfindet, in einzelnen Fällen mit Mitleiden oder Wohlwollen gerührt zu werden, ist dem Wechsel der Umstände sehr unterworfen, und indem die Bewegung der Seele nicht auf einem allgemeinen Grundsatze beruht, so nimmt sie leichtlich veränderte Gestalten an, nachdem die Gegenstände eine oder die andere Seite darbieten. Und da diese Neigung auf das Schöne hinausläuft, so scheint sie sich mit derjenigen Gemüthsart, die man *sanguinisch* nennt, welche flatterhaft und den Belustigungen ergeben ist, am natürlichsten zu vereinbaren. In diesem Temperamente werden wir die beliebte Eigenschaften, die wir adoptirte Tugenden nannten, zu suchen haben.

Das Gefühl für die Ehre ist sonst schon gewöhnlich als ein Merkmal der *cholerischen* Complexion angenommen worden, und wir können dadurch Anlaß nehmen die moralische Folgen dieses feinen Gefühls, welche mehrenteils nur aufs Schimmern abgezielt sind, zu Schilderung eines solchen Charakters aufzusuchen.

Niemals ist ein Mensch ohne alle Spuren der feineren Empfindung, allein ein größerer Mangel derselben, der vergleichungsweise auch Fühllosigkeit heißt, kommt in den Charakter des *phlegmatischen,* den man sonst auch sogar der gröbern Triebfedern, als der Geldbegierde u. u., beraubt, die wir aber zusammt andern, verschwisterten Neigungen ihm allenfalls lassen können, weil sie gar nicht in diesen Plan gehören.

Laßt uns anjetzt die Empfindungen des Erhabenen und Schönen, vornehmlich so fern sie moralisch sind, unter derangenommenen Eintheilung der Temperamente näher betrachten.

Der, dessen Gefühl ins *Melancholische* einschlägt, wird nicht darum so genannt, weil er, der Freuden des Lebens beraubt, sich in finsterer Schwermuth härmt, sondern weil seine Empfindungen, wenn sie über einen gewissen Grad vergrößert würden, oder durch einige Ursachen eine falsche Richtung bekämen, auf dieselbe leichter als einen andern Zustand auslaufen würden. Er hat vorzüglich ein *Gefühl für das Erhabene.* Selbst die Schönheit, für welche er eben so wohl Empfindung hat, muß ihn nicht allein reizen, sondern, indem sie ihm zugleich Bewunderung einflößt, rühren. Der Genuß der Vergnügen ist bei ihm ernsthafter, aber um deswillen nicht geringer. Alle Rührungen des Erhabenen haben mehr Bezauberndes an sich als die gaukelnde Reize des Schönen. Sein Wohlbefinden wird eher Zufriedenheit als Lustigkeit sein. Er ist standhaft. Um deswillen ordnet er seine Empfindungen unter Grundsätze. Sie sind desto weniger dem Unbestande und der Veränderung unterworfen, je allgemeiner dieser Grundsatz ist, welchem sie untergeordnet werden, und je erweiterter also das hohe Gefühl ist, welches die niedere unter sich befaßt. Alle besondere Gründe der Neigungen sind vielen Ausnahmen und Änderungen unterworfen, wofern sie nicht aus einem solchen oberen Grunde abgeleitet sind. Der muntere und freundliche Alcest sagt: Ich liebe und schätze meine Frau, denn sie ist schön, schmeichelhaft und klug. Wie aber, wenn sie nun durch Krankheit entstellt, durch Alter mürrisch und, nachdem die erste Bezauberung verschwunden, euch nicht klüger scheinen würde wie jede andere? Wenn der Grund nicht mehr da ist, was kann aus der Neigung werden? Nehmet dagegen den wohlwollenden und gesetzten Adrast, welcher bei sich denkt: Ich werde dieser Person liebreich und mit Achtung begegnen, denn sie ist meine Frau. Diese Gesinnung ist edel und großmüthig. Nunmehr mögen die zufällige Reize sich ändern, sie ist gleichwohl noch immer seine Frau. Der edle Grund bleibt und ist nicht dem Unbestande äußerer Dinge so sehr unterworfen. Von solcher Beschaffenheit sind Grundsätze in Vergleichung der Regungen, die blos bei einzelnen Veranlassungen aufwallen, und so ist der Mann von Grundsätzen in Gegenhalt mit demjenigen, welchem gelegentlich eine gutherzige und liebreiche Bewegung anwandelt. Wie aber wenn sogar die geheime Sprache seines Herzens also lautete: Ich muß jenem Menschen da zu Hülfe kommen, denn er leidet; nicht daß er etwa mein Freund oder

11

Gesellschafter wäre, oder daß ich ihn fähig hielte dereinst Wohlthat mit Dankbarkeit zu erwidern. Es ist jetzt keine Zeit zu vernünfteln und sich bei Fragen aufzuhalten: er ist ein Mensch, und was Menschen widerfährt, das trifft auch mich. Alsdann stützt sich sein Verfahren auf den höchsten Grund des Wohlwollens in der menschlichen Natur und ist äußerst erhaben, sowohl seiner Unveränderlichkeit nach, als um der Allgemeinheit seiner Anwendung willen.

Ich fahre in meinen Anmerkungen fort. Der Mensch von melancholischer Gemüthsverfassung bekümmert sich wenig darum, was andere urtheilen, was sie für gut oder für wahr halten, er stützt sich desfalls blos auf seine eigene Einsicht. Weil die Bewegungsgründe in ihm die Natur der Grundsätze annehmen, so ist er nicht leicht auf andere Gedanken zu bringen; seine Standhaftigkeit artet auch bisweilen in Eigensinn aus. Er sieht den Wechsel der Moden mit Gleichgültigkeit und ihren Schimmer mit Verachtung an. Freundschaft ist erhaben und daher für sein Gefühl. Er kann vielleicht einen veränderlichen Freund verlieren, allein dieser verliert ihn nicht eben so bald. Selbst das Andenken der erloschenen Freundschaft ist ihm noch ehrwürdig. Gesprächigkeit ist schön, gedankenvolle Verschwiegenheit erhaben. Er ist ein guter Verwahrer seiner und anderer Geheimnisse. Wahrhaftigkeit ist erhaben, und er haßt Lügen oder Verstellung. Er hat ein hohes Gefühl von der Würde der menschlichen Natur. Er schätzt sich selbst und hält einen Menschen für ein Geschöpf, das da Achtung verdient. Er erduldet keine verworfene Unterthänigkeit und athmet Freiheit in einem edlen Busen. Alle Ketten von den vergoldeten an, die man am Hofe trägt, bis zu dem schweren Eisen des Galeerensklaven sind ihm abscheulich. Er ist ein strenger Richter seiner selbst und anderer und nicht selten seiner sowohl als der Welt überdrüssig.

In der Ausartung dieses Charakters neigt sich die Ernsthaftigkeit zur Schwermuth, die Andacht zur Schwärmerei, der Freiheitseifer zum Enthusiasmus. Beleidigung und Ungerechtigkeit zünden in ihm Rachbegierde an. Er ist alsdann sehr zu fürchten. Er trotzt der Gefahr und verachtet den Tod. Bei der Verkehrtheit seines Gefühls und dem Mangel einer aufgeheiterten Vernunft verfällt er aufs *Abenteuerliche*. Eingebungen, Erscheinungen, Anfechtungen. Ist der Verstand noch schwächer, so geräth er auf *Fratzen*. Bedeutende Träume, Ahndungen und Wunderzeichen. Er ist in Gefahr ein*Phantast* oder ein *Grillenfänger* zu werden.

Der von *sanguinischer* Gemüthsverfassung hat ein herrschendes *Gefühl für das Schöne*. Seine Freuden sind daher lachend und lebhaft. Wenn er nicht lustig ist, so ist er mißvergnügt und kennt wenig die zufriedene Stille. Mannigfaltigkeit ist schön, und er liebt die Veränderung. Er sucht die Freude in sich und um sich, belustigt andere und ist ein guter Gesellschafter. Er hat viel moralische Sympathie. Anderer Fröhlichkeit macht ihn vergnügt und ihr Leid weichherzig. Sein sittliches Gefühl ist schön, allein ohne Grundsätze und hängt jederzeit unmittelbar von dem gegenwärtigen Eindrucke ab, den die Gegenstände auf ihn machen. Er ist ein Freund von allen Menschen oder, welches einerlei sagen will, eigentlich niemals ein Freund, ob er zwar gutherzig und wohlwollend ist. Er verstellt sich nicht. Er wird euch heute mit seiner Freundlichkeit und guten Art unterhalten, morgen, wenn ihr krank oder im Unglücke seid, wahres und ungeheucheltes Beileid empfinden, aber sich sachte davon schleichen, bis sich die Umstände geändert haben. Er muß niemals Richter sein. Die Gesetze sind ihm gemeiniglich zu strenge, und er läßt sich durch Thränen bestechen. Er ist ein schlimmer Heiliger, niemals recht gut und niemals recht böse. Er schweift öfters aus und ist lasterhaft, mehr aus Gefälligkeit als aus Neigung. Er ist freigebig und wohlthätig, aber ein schlechter Zahler dessen, was er schuldig ist, weil er wohl viel Empfindung für Güte, aber wenig für Gerechtigkeit hat. Niemand hat eine so gute Meinung von seinem eigenen Herzen als er. Wenn ihr ihn gleich nicht hochachtet, so werdet ihr ihn doch lieben müssen. In dem größeren Verfall seines Charakters geräth er ins *Läppische*, er ist tändelnd und kindisch. Wenn nicht das Alter noch etwa die Lebhaftigkeit mindert, oder mehr Verstand herbeibringt, so ist er in Gefahr, ein alter Geck zu werden.

Der, welchen man unter der *cholerischen* Gemüthsbeschaffenheit meint, hat ein herrschendes Gefühl für diejenige Art des Erhabenen, welche man das *Prächtige* nennen kann. Sie ist eigentlich nur der Schimmer der Erhabenheit und eine stark abstechende Farbe, welche den inneren Gehalt der Sache oder Person, der vielleicht nur schlecht und gemein ist, verbirgt und durch den Schein täuscht und rührt. So wie ein Gebäude durch eine Übertünchung, welche gehauene Steine vorstellt, einen eben so edlen Eindruck macht, als wenn es wirklich daraus bestände, und geklebte Gesimse und Pilastern die Meinung von Festigkeit geben, ob sie gleich wenig Haltung haben und nichts unterstützen: also glänzen auch tombackene Tugenden, Flittergold von Weisheit und gemaltes Verdienst.

Der Cholerische betrachtet seinen eigenen Werth und den Werth seiner Sachen und Handlungen aus dem Anstande oder dem Scheine, womit er in die Augen fällt. In Ansehung der innern Beschaffenheit und der Bewegungsgründe, die der Gegenstand selber enthält, ist er kalt, weder erwärmt durch wahres Wohlwollen, noch gerührt durch Achtung. Sein Betragen ist künstlich. Er muß allerlei Standpunkte zu nehmen wissen, um seinen Anstand aus der verschiedenen Stellung der Zuschauer zu beurtheilen; denn er frägt wenig darnach, was er sei, sondern nur was er scheine. Um deswillen muß er die Wirkung auf den allgemeinen Geschmack und die mancherlei Eindrücke wohl kennen, die sein Verhalten außer ihm haben wird. Da er in dieser schlauen Aufmerksamkeit durchaus kalt Blut bedarf und nicht durch Liebe, Mitleiden und Theilnehmung seines Herzens sich muß blenden lassen, so wird er auch vielen Thorheiten und Verdrießlichkeiten entgehen, in welche ein Sanguinischer geräth, der durch seine unmittelbare Empfindung bezaubert wird. Um deswillen scheint er gemeiniglich verständiger, als er wirklich ist. Sein Wohlwollen ist Höflichkeit, seine Achtung Ceremonie, seine Liebe ausgesonnene Schmeichelei. Er ist jederzeit voll von sich selbst, wenn er den Anstand eines Liebhabers oder eines Freundes annimmt, und ist niemals weder das eine noch das andere. Er sucht durch Moden zu schimmern; aber weil alles an ihm künstlich und gemacht ist, so ist er darin steif und ungewandt. Er handelt weit mehr nach Grundsätzen als der Sanguinische, der bloß durch gelegentliche Eindrücke bewegt wird; aber diese sind nicht Grundsätze der Tugend, sondern der Ehre, und er hat kein Gefühl für die Schönheit oder den Werth der Handlungen, sondern für das Urtheil der Welt, das sie davon fällen möchte. Weil sein Verfahren, in so fern man nicht auf die Quelle sieht, daraus es entspringt, übrigens fast eben so gemeinnützig als die Tugend selbst ist, so erwirbt er vor gemeinen Augen eben die Hochschätzung als der Tugendhafte, aber vor feineren Augen verbirgt er sich sorgfältig, weil er wohl weiß, daß die Entdeckung der geheimen Triebfeder der Ehrbegierde ihn um die Achtung bringen würde. Er ist daher der Verstellung sehr ergeben, in der Religion heuchlerisch, im Umgange ein Schmeichler, in Staatsparteien wetterwendisch nach den Umständen. Er ist gerne ein Sklave der Großen, um dadurch ein Tyrann über Geringere zu werden. Die *Naivetät*, diese edle oder schöne Einfalt, welche das Siegel der Natur und nicht der Kunst auf sich trägt, ist ihm gänzlich fremde. Daher wenn sein Geschmack ausartet, so wird sein Schimmer *schreiend*, d. i. auf eine widrige Art prahlend. Er geräth alsdann sowohl seinem Stil als dem Ausputze nach in den Gallimathias (das Übertriebene), eine Art Fratzen, die in Ansehung des Prächtigen dasjenige ist, was das Abenteuerliche oder Grillenhafte in Ansehung des Ernsthaft-Erhabenen. In Beleidigungen fällt er alsdann auf Zweikämpfe oder Processe und in dem bürgerlichen Verhältnisse auf Ahnen, Vortritt und Titel. So lange er nur noch eitel ist, d. i. Ehre sucht und bemüht ist in die Augen zu fallen, so kann er noch wohl geduldet werden, allein wenn bei gänzlichem Mangel wirklicher Vorzüge und Talente er aufgeblasen wird, so ist er das, wofür er am mindesten gerne möchte gehalten werden, nämlich ein *Narr*.

Da in der *phlegmatischen* Mischung keine Ingredienzien vom Erhabenen oder Schönen in sonderlich merklichem Grade hineinzukommen pflegen, so gehört diese Gemüthseigenschaft nicht in den Zusammenhang unserer Erwägungen.

Von welcher Art auch diese feinere Empfindungen sein mögen, von denen wir bis daher gehandelt haben, es mögen erhabene oder schöne sein, so haben sie doch das Schicksal gemein, daß sie in dem Urtheil desjenigen, der kein darauf gestimmtes Gefühl hat, jederzeit verkehrt und ungereimt scheinen. Ein Mensch von einer ruhigen und eigennützigen Emsigkeit hat so zu reden gar

14

nicht die Organen, um den edlen Zug in einem Gedichte oder in einer Heldentugend zu empfinden, er liest lieber einen Robinson als einen Grandison und hält den Cato für einen eigensinnigen Narren. Eben so scheint Personen von etwas ernsthafter Gemüthsart dasjenige läppisch, was andern reizend ist, und die gaukelnde Naivetät einer Schäferhandlung ist ihnen abgeschmackt und kindisch. Auch selbst wenn das Gemüth nicht gänzlich ohne ein einstimmiges feineres Gefühl ist, sind doch die Grade der Reizbarkeit desselben sehr verschieden, und man sieht, daß der eine etwas edel und anständig findet, was dem andern zwar groß, aber abenteuerlich vorkommt. Die Gelegenheiten, die sich darbieten, bei unmoralischen Dingen etwas von dem Gefühl des andern auszuspähen, können uns Anlaß geben mit ziemlicher Wahrscheinlichkeit auch auf seine Empfindung in Ansehung der höheren Gemüthseigenschaften und selbst derer des Herzens zu schließen. Wer bei einer schönen Musik lange Weile hat, giebt starke Vermuthung, daß die Schönheiten der Schreibart und die feine Bezauberungen der Liebe wenig Gewalt über ihn haben werden.

Es ist ein gewisser Geist der Kleinigkeiten (esprit des bagatelles), welcher eine Art von feinem Gefühl anzeigt, welches aber gerade auf das Gegentheil von dem Erhabenen abzielt. Ein Geschmack für etwas, weil es sehr *künstlich* und mühsam ist, Verse, die sich vor- und rückwärts lesen lassen, Räthsel, Uhren in Ringen, Flohketten u. u. Ein Geschmack für alles, was abgezirkelt und auf peinliche Weise *ordentlich*, obzwar ohne Nutzen ist, z. E. Bücher, die fein zierlich in langen Reihen im Bücherschranke stehen, und ein leerer Kopf, der sie ansieht und sich erfreuet, Zimmer, die wie optische Kasten geziert und überaus sauber gewaschen sind, zusammt einem ungastfreien und mürrischen Wirte, der sie bewohnt. Ein Geschmack an allem demjenigen, was *selten* ist, so wenig wie es auch sonst innern Wert haben mag. Epiktets Lampe, ein Handschuh von König Karl dem Zwölften; in gewisser Art schlägt die Münzensucht mit hierauf ein. Solche Personen stehen sehr im Verdacht, daß sie in den Wissenschaften Grübler und Grillenfänger, in den Sitten aber für alle das, was auf freie Art schön oder edel ist, ohne Gefühl sein werden.

Man thut einander zwar Unrecht, wenn man denjenigen, der den Werth, oder die Schönheit dessen, was uns rührt, oder reizt, nicht einsieht, damit abfertigt, daß *er es nicht verstehe*. Es kommt hierbei nicht so sehr darauf an, was der Verstand einsehe, sondern was das Gefühl empfinde. Gleichwohl haben die Fähigkeiten der Seele einen so großen Zusammenhang: daß man mehrentheils von der Erscheinung der Empfindung auf die Talente der Einsicht schließen kann. Denn es würden demjenigen, der viele Verstandesvorzüge hat, diese Talente vergeblich ertheilt sein, wenn er nicht zugleich starke Empfindung für das wahrhaftig Edle oder Schöne hätte, welche die Triebfeder sein muß, jene Gemüthsgaben wohl und regelmäßig anzuwenden.

Es ist einmal gebräuchlich, nur dasjenige *nützlich* zu nennen, was unserer gröberen Empfindung ein Genüge leisten kann, was uns Überfluß im Essen und Trinken, Aufwand in Kleidung und in Hausgeräthe, imgleichen Verschwendung in Gastereien verschaffen kann, ob ich gleich nicht sehe, warum nicht alles, was nur immer meinem lebhaftesten Gefühl erwünscht ist, eben so wohl den nützlichen Dingen sollte beigezählt werden. Allein alles gleichwohl auf diesen Fuß genommen, so ist derjenige, welchen der *Eigennutz* beherrscht, ein Mensch, mit welchem man über den feineren Geschmack niemals vernünfteln muß. Ein Huhn ist freilich in solchem Betracht besser als ein Papagei, ein Kochtopf nützlicher als ein Porcellangeschirr, alle witzige Köpfe in der Welt gelten nicht den Werth eines Bauren, und die Bemühung, die Weite der Fixsterne zu entdecken, kann so lange ausgesetzt bleiben, bis man übereingekommen sein wird, wie der Pflug auf das vortheilhafteste könne geführt werden. Allein welche Thorheit ist es, sich in einen solchen Streit einzulassen, wo es unmöglich ist sich einander auf einstimmige Empfindungen zu führen, weil das Gefühl gar nicht einstimmig ist! Gleichwohl wird doch ein Mensch von der gröbsten und gemeinsten Empfindung wahrnehmen können: daß die Reize und Annehmlichkeiten des Lebens, welche die entbehrlichste zu sein scheinen, unsere meiste Sorgfalt auf sich ziehen, und daß wir wenig Triebfedern zu so vielfältigen Bemühungen übrig haben würden, wenn wir jene ausschließen wollten. Imgleichen ist wohl niemand so grob, daß er nicht empfinde, daß eine sittliche Handlung wenigstens an einem andern um desto mehr rühre, je weiter sie vom Eigennutze ist, und je mehr jene edlere Antriebe in ihr hervorstechen.

Wenn ich die edele und schwache Seite der Menschen wechselsweise bemerke, so verweise ich es mir selbst, daß ich nicht denjenigen Standpunkt zu nehmen vermag, von wo diese Abstechungen das große Gemälde der ganzen menschlichen Natur gleichwohl in einer rührenden Gestalt darstellten. Denn ich bescheide mich gerne: daß, so fern es zu dem Entwurfe der großen Natur gehört, diese groteske Stellungen nicht anders als einen edelen Ausdruck geben können, ob man schon viel zu kurzsichtig ist, sie in diesem Verhältnisse zu übersehen. Um indessen doch einen schwachen Blick hierauf zu werfen: so glaube ich folgendes anmerken zu können. Derjenigen unter den Menschen, die nach *Grundsätzen* verfahren, sind nur sehr *wenige*, welches auch überaus gut ist, da es so leicht geschehen kann, daß man in diesen Grundsätzen irre und alsdann der Nachtheil, der daraus erwächst, sich um desto weiter erstreckt, je allgemeiner der Grundsatz und je standhafter die Person ist, die ihn sich vorgesetzt hat. Derer, so aus *gutherzigen Trieben* handeln, sind weit *mehrere*, welches äußerst vortrefflich ist, ob es gleich einzeln nicht als ein sonderliches Verdienst der Person kann angerechnet werden; denn diese tugendhafte Instincte fehlen wohl bisweilen, allein im Durchschnitte leisten sie eben so wohl die große Absicht der Natur, wie die übrige Instincte, die so regelmäßig die thierische Welt bewegen. Derer, die ihr allerliebstes Selbst als den einzigen Beziehungspunkt ihrer Bemühungen starr vor Augen haben, und die um den *Eigennutz* als um die große Achse alles zu drehen suchen, giebt es die *meiste,* worüber auch nichts Vortheilhafteres sein kann, denn diese sind die emsigsten, ordentlichsten und behutsamsten; sie geben dem Ganzen Haltung und Festigkeit, indem sie auch ohne ihre Absicht gemeinnützig werden, die nothwendigen Bedürfnisse herbeischaffen und die Grundlage liefern, über welche feinere Seelen Schönheit und Wohlgereimtheit verbreiten können. Endlich ist die *Ehrliebe in aller* Menschen Herzen, obzwar in ungleichem Maße, verbreitet worden, welches dem Ganzen eine bis zur Bewunderung reizende Schönheit geben muß. Denn wiewohl die Ehrbegierde ein thörichter Wahn ist, so fern er zur Regel wird, der man die übrigen Neigungen unterordnet, so ist sie doch als ein begleitender Trieb äußerst vortrefflich. Denn indem ein jeder auf der großen Bühne seinen herrschenden Neigungen gemäß die Handlungen verfolgt, so wird er zugleich durch einen geheimen Antrieb bewogen, in Gedanken außer sich selbst einen Standpunkt zu nehmen, um den Anstand zu beurtheilen, den sein Betragen hat, wie es aussehe und dem Zuschauer in die Augen falle. Dadurch vereinbaren sich die verschiedene Gruppen in ein Gemälde von prächtigem Ausdruck, wo mitten unter großer Mannigfaltigkeit Einheit hervorleuchtet, und das Ganze der moralischen Natur Schönheit und Würde an sich zeigt.

Dritter Abschnitt.

Von dem Unterschiede des Erhabenen und Schönen in dem Gegenverhältniß beider Geschlechter.

Derjenige, so zuerst das Frauenzimmer unter dem Namen des *schönen Geschlechts* begriffen hat, kann vielleicht etwas Schmeichelhaftes haben sagen wollen, aber er hat es besser getroffen, als er wohl selbst geglaubt haben mag. Denn ohne in Erwägung zu ziehen, daß ihre Gestalt überhaupt feiner, ihre Züge zärter und sanfter, ihre Miene im Ausdrucke der Freundlichkeit, des Scherzes und der Leutseligkeit bedeutender und einnehmender ist, als bei dem männlichen Geschlecht, ohne auch dasjenige zu vergessen, was man für die geheime Zauberkraft abrechnen muß, wodurch sie unsere Leidenschaft zum vortheilhaften Urtheile für sie geneigt machen, so liegen vornehmlich in dem Gemüthscharakter dieses Geschlechts eigenthümliche Züge, die es von dem unseren deutlich unterscheiden und die darauf hauptsächlich hinauslaufen, sie durch das Merkmal des *Schönen* kenntlich zu machen. Andererseits könnten wir auf die Benennung des *edlen Geschlechts* Anspruch machen, wenn es nicht auch von einer edlen Gemüthsart erfordert würde, Ehrennamen abzulehnen und sie lieber zu ertheilen als zu empfangen. Hiedurch wird nun nicht verstanden: daß das Frauenzimmer edeler Eigenschaften ermangelte, oder das männliche Geschlecht der Schönheiten gänzlich entbehren müßte, vielmehr erwartet man, daß ein jedes Geschlecht beide vereinbare, doch so, daß von einem Frauenzimmer alle andere Vorzüge sich nur dazu vereinigen sollen, um den Charakter des *Schönen* zu erhöhen, welcher der eigentliche Beziehungspunkt ist, und dagegen unter den männlichen Eigenschaften das *Erhabene* als das Kennzeichen seiner Art deutlich hervorsteche. Hierauf müssen alle Urtheile von diesen zwei Gattungen, sowohl die rühmliche als die des Tadels, sich beziehen, alle Erziehung und Unterweisung muß dieses vor Augen haben und alle Bemühung, die sittliche Vollkommenheit des einen oder des andern zu befördern, wo man nicht den reizenden Unterschied unkenntlich machen will, den die Natur zwischen zwei Menschengattungen hat treffen wollen. Denn es ist hier nicht genug sich vorzustellen, daß man Menschen vor sich habe, man muß zugleich nicht aus der Acht lassen, daß diese Menschen nicht von einerlei Art sind.

Das Frauenzimmer hat ein angebornes stärkeres Gefühl für alles, was schön, zierlich und geschmückt ist. Schon in der Kindheit sind sie gerne geputzt und gefallen sich, wenn sie geziert sind. Sie sind reinlich und sehr zärtlich in Ansehung alles dessen, was Ekel verursacht. Sie lieben den Scherz und können durch Kleinigkeiten, wenn sie nur munter und lachend sind, unterhalten werden. Sie haben sehr früh ein sittsames Wesen an sich, wissen sich einen feinen Anstand zu geben und besitzen sich selbst; und dieses in einem Alter, wenn unsere wohlerzogene männliche Jugend noch unbändig, tölpisch und verlegen ist. Sie haben viel theilnehmende Empfindungen, Gutherzigkeit und Mitleiden, ziehen das Schöne dem Nützlichen vor und werden den Überfluß des Unterhalts gerne in Sparsamkeit verwandeln, um den Aufwand auf das Schimmernde und den Putz zu unterstützen. Sie sind von sehr zärtlicher Empfindung in Ansehung der mindesten Beleidigung und überaus fein, den geringsten Mangel der Aufmerksamkeit und Achtung gegen sie zu bemerken. Kurz, sie enthalten in der menschlichen Natur den Hauptgrund der Abstechung der schönen Eigenschaften mit den edelen und verfeinern selbst das männliche Geschlecht.

Man wird mir hoffentlich die Herzählung der männlichen Eigenschaften, in so fern sie jenen parallel sind, schenken und sich befriedigen, beide nur in der Gegeneinanderhaltung zu betrachten. Das schöne Geschlecht hat eben so wohl Verstand als das männliche, nur es ist ein *schöner Verstand*, der unsrige soll ein *tiefer Verstand* sein, welches ein Ausdruck ist, der einerlei mit dem Erhabenen bedeutet.

Zur Schönheit aller Handlungen gehört vornehmlich, daß sie Leichtigkeit an sich zeigen und ohne peinliche Bemühung scheinen vollzogen zu werden; dagegen Bestrebungen und überwundene Schwierigkeiten Bewunderung erregen und zum Erhabenen gehören. Tiefes Nachsinnen und eine lange fortgesetzte Betrachtung sind edel, aber schwer und schicken sich nicht wohl für eine Person, bei der die ungezwungene Reize nichts anders als eine schöne Natur zeigen sollen. Mühsames Lernen oder peinliches Grübeln, wenn es gleich ein Frauenzimmer darin hoch bringen sollte, vertilgen die Vorzüge, die ihrem Geschlechte eigenthümlich sind, und können dieselbe wohl um der Seltenheit willen zum Gegenstande einer kalten Bewunderung machen, aber sie werden zugleich die Reize schwächen, wodurch sie ihre große Gewalt über das andere Geschlecht ausüben. Ein Frauenzimmer, das den Kopf voll Griechisch hat, wie die *Frau Dacier*, oder über die Mechanik gründliche Streitigkeiten führt, wie die Marquisin von *Chastelet*, mag nur immerhin noch einen Bart dazu haben; denn dieser würde vielleicht die Miene des Tiefsinns noch kenntlicher ausdrücken, um welchen sie sich bewerben. Der schöne Verstand wählt zu seinen Gegenständen alles, was mit dem feineren Gefühl nahe verwandt ist, und überläßt abstracte Speculationen oder Kenntnisse, die nützlich, aber trocken sind, dem emsigen, gründlichen und tiefen Verstande. Das Frauenzimmer wird demnach keine Geometrie lernen; es wird vom Satze des zureichenden Grundes, oder den Monaden nur so viel wissen, als da nöthig ist, um das Salz in den Spottgedichten zu vernehmen, welche die seichte Grübler unseres Geschlechts durchgezogen haben. Die Schönen können den Cartesius seine Wirbel immer drehen lassen, ohne sich darum zu bekümmern, wenn auch der artige *Fontenelle* ihnen unter den Wandelsternen Gesellschaft leisten wollte, und die Anziehung ihrer Reize verliert nichts von ihrer Gewalt, wenn sie gleich nichts von allem dem wissen, was *Algarotti* zu ihrem Besten von den Anziehungskräften der groben Materialien nach dem Newton aufzuzeichnen bemüht gewesen. Sie werden in der Geschichte sich nicht den Kopf mit Schlachten und in der Erdbeschreibung nicht mit Festungen anfüllen; denn es schickt sich für sie eben so wenig, daß sie nach Schießpulver, als für die Mannspersonen, daß sie nach Bisam riechen sollen.

Es scheint eine boshafte List der Mannspersonen zu sein, daß sie das schöne Geschlecht zu diesem verkehrten Geschmacke haben verleiten wollen. Denn wohl bewußt ihrer Schwäche in Ansehung der natürlichen Reize desselben, und daß ein einziger schalkhafter Blick sie mehr in Verwirrung setze als die schwerste Schulfrage, sehen sie sich, so bald das Frauenzimmer in diesen Geschmack einschlägt, in einer entschiedenen Überlegenheit und sind in dem Vortheile, den sie sonst schwerlich haben würden, mit einer großmüthigen Nachsicht den Schwächen ihrer Eitelkeit aufzuhelfen. Der Inhalt der großen Wissenschaft des Frauenzimmers ist vielmehr der Mensch und unter den Menschen der Mann. Ihre Weltweisheit ist nicht Vernünfteln, sondern

Empfinden. Bei der Gelegenheit, die man ihnen geben will ihre schöne Natur auszubilden, muß man dieses Verhältniß jederzeit vor Augen haben. Man wird ihr gesammtes moralisches Gefühl und nicht ihr Gedächtniß zu erweitern suchen und zwar nicht durch allgemeine Regeln, sondern durch einiges Urtheil über das Betragen, welches sie um sich sehen. Die Beispiele, die man aus andern Zeiten entlehnt, um den Einfluß einzusehen, den das schöne Geschlecht in die Weltgeschäfte gehabt hat, die mancherlei Verhältnisse, darin es in andern Zeitaltern oder in fremden Landen gegen das männliche gestanden, der Charakter beider, so fern er sich hiedurch erläutern läßt, und der veränderliche Geschmack der Vergnügungen machen ihre ganze Geschichte und Geographie aus. Es ist schön, daß einem Frauenzimmer der Anblick einer Karte, die entweder den ganzen Erdkreis oder die vornehmste Theile der Welt vorstellt, angenehm gemacht werde. Dieses geschieht dadurch, daß man sie nur in der Absicht vorlegt, um die unterschiedliche Charaktere der Völker, die sie bewohnen, die Verschiedenheiten ihres Geschmacks und sittlichen Gefühls, vornehmlich in Ansehung der Wirkung, die diese auf die Geschlechterverhältnisse haben, dabei zu schildern, mit einigen leichten Erläuterungen aus der Verschiedenheit der Himmelsstriche, ihrer Freiheit oder Sklaverei. Es ist wenig daran gelegen, ob sie die besondere Abtheilungen dieser Länder, ihr Gewerbe, Macht und Beherrscher wissen oder nicht. Eben so werden sie von dem Weltgebäude nichts mehr zu kennen nöthig haben, als nöthig ist, den Anblick des Himmels an einem schönen Abende ihnen rührend zu machen, wenn sie einigermaßen begriffen haben, daß noch mehr Welten und daselbst noch mehr schöne Geschöpfe anzutreffen sind. Gefühl für Schildereien von Ausdruck und für Tonkunst, nicht in so fern sie Kunst, sondern Empfindung äußert, alles dieses verfeinert oder erhebt den Geschmack dieses Geschlechts und hat jederzeit einige Verknüpfung mit sittlichen Regungen. Niemals ein kalter und speculativer Unterricht, jederzeit Empfindungen, und zwar die so nahe wie möglich bei ihrem Geschlechtverhältnisse bleiben. Diese Unterweisung ist darum so selten, weil sie Talente, Erfahrenheit und ein Herz voll Gefühl erfordert, und jeder andern kann das Frauenzimmer sehr wohl entbehren, wie es denn auch ohne diese sich von selbst gemeiniglich sehr wohl ausbildet.

Die Tugend des Frauenzimmers ist eine *schöne Tugend*. Die des männlichen Geschlechts soll eine *edele Tugend* sein. Sie werden das Böse vermeiden, nicht weil es unrecht, sondern weil es häßlich ist, und tugendhafte Handlungen bedeuten bei ihnen solche, die sittlich schön sind. Nichts von Sollen, nichts von Müssen, nichts von Schuldigkeit. Das Frauenzimmer ist aller Befehle und alles mürrischen Zwanges unleidlich. Sie thun etwas nur darum, weil es ihnen so beliebt, und die Kunst besteht darin zu machen, daß ihnen nur dasjenige beliebe, was gut ist. Ich glaube schwerlich, daß das schöne Geschlecht der Grundsätze fähig sei, und ich hoffe dadurch nicht zu beleidigen, denn diese sind auch äußerst selten beim männlichen. Dafür aber hat die Vorsehung in ihren Busen gütige und wohlwollende Empfindungen, ein feines Gefühl für Anständigkeit und eine gefällige Seele gegeben. Man fordere ja nicht Aufopferungen und großmüthigen Selbstzwang. Ein Mann muß es seiner Frauen niemals sagen, wenn er einen Theil seines Vermögens um einen Freund in Gefahr setzt. Warum will er ihre muntere Gesprächigkeit fesseln, dadurch daß er ihr Gemüth mit einem wichtigen Geheimnisse belästigt, dessen Aufbewahrung ihm allein obliegt? Selbst viele von ihren Schwachheiten sind so zu reden *schöne Fehler.* Beleidigung oder Unglück bewegen ihre zarte Seele zur Wehmut. Der Mann muß niemals andre als großmüthige Thränen weinen. Die, so er in Schmerzen oder über Glücksumstände vergießt, machen ihn verächtlich. Die *Eitelkeit,* die man dem schönen Geschlechte so vielfältig vorrückt, wofern sie ja an demselben ein Fehler ist, so ist sie nur ein schöner Fehler. Denn zu geschweigen, daß die Mannspersonen, die dem Frauenzimmer so gerne schmeicheln, übel daran sein würden, wenn dieses nicht geneigt wäre es wohl aufzunehmen, so beleben sie dadurch wirklich ihre Reize. Diese Neigung ist ein Antrieb, Annehmlichkeiten und den guten Anstand zu zeigen, ihren munteren Witz spielen zu lassen, imgleichen durch die veränderliche Erfindungen des Putzes zu schimmern und ihre Schönheit zu erhöhen. Hierin ist nun so gar nichts Beleidigendes für andere, sondern vielmehr, wenn es mit gutem Geschmacke gemacht wird, so viel Artiges, daß es sehr ungezogen ist dagegen mit mürrischem Tadel loszuziehen. Ein Frauenzimmer, das hierin gar zu flatterhaft und gaukelnd ist, heißt eine *Närrin;* welcher Ausdruck gleichwohl keine so harte Bedeutung hat, als mit veränderter Endsilbe beim Manne, so gar daß, wenn man sich untereinander versteht, es wohl bisweilen eine vertrauliche Schmeichelei anzeigen kann. Wenn die Eitelkeit ein Fehler ist, der an einem Frauenzimmer sehr wohl Entschuldigung verdient, so ist das *aufgeblasene Wesen* an ihnen nicht allein, so wie an Menschen überhaupt tadelhaft, sondern verunstaltet gänzlich ihren Geschlechtscharakter. Denn diese Eigenschaft ist überaus dumm und häßlich und dem einnehmenden bescheidenen Reize gänzlich entgegen gesetzt. Alsdann ist eine solche Person in einer schlüpfrigen Stellung. Sie wird sich gefallen lassen ohne alle Nachsicht und scharf beurtheilt zu werden; denn wer auf Hochachtung pocht, fordert alles um sich zum Tadel auf. Eine jede Entdeckung auch des mindesten Fehlers macht jedermann eine wahre Freude, und das Wort *Närrin* verliert hier seine gemilderte Bedeutung. Man muß Eitelkeit und Aufgeblasenheit jederzeit unterscheiden. Die erstere sucht Beifall und ehrt gewissermaßen diejenige, um deren willen sie sich diese Bemühung giebt, die zweite glaubt sich schon in dem völligen Besitze desselben, und indem sie keinen zu erwerben bestrebt, so gewinnt sie auch keinen.

Wenn einige Ingredienzien von Eitelkeit ein Frauenzimmer in den Augen des männlichen Geschlechts gar nicht verunzieren, so dienen sie doch, je sichtbarer sie sind, um desto mehr das schöne Geschlecht unter einander zu veruneinigen. Sie beurtheilen einander alsdann sehr scharf, weil eine der anderen Reize zu verdunkeln scheint, und es sind auch wirklich diejenige, die noch starke Anmaßungen auf Eroberung machen, selten Freundinnen von einander im wahren Verstande.

Dem Schönen ist nichts so sehr entgegengesetzt als der Ekel, so wie nichts tiefer unter das Erhabene sinkt als das Lächerliche. Daher kann einem Manne kein Schimpf empfindlicher sein, als daß er ein *Narr*, und einem Frauenzimmer, daß sie *ekelhaft* genannt werde. Der englische Zuschauer hält dafür: daß einem Manne kein Vorwurf könne gemacht werden, der kränkender sei, als wenn er für einen Lügner, und einem Frauenzimmer kein bittrerer, als wenn sie für unkeusch gehalten wird. Ich will dieses, in so fern es nach der Strenge der Moral beurtheilt wird, in seinem Werthe lassen. Allein hier ist die Frage nicht, was an sich selbst den größten Tadel verdiene, sondern was wirklich am allerhärtesten empfunden werde. Und da frage ich einen jeden Leser, ob, wenn er sich in Gedanken auf diesen Fall setzt, er nicht meiner Meinung beistimmen müsse. Die Jungfer Ninon Lenclos machte nicht die mindesten Ansprüche auf die Ehre der Keuschheit, und gleichwohl würde sie unerbittlich beleidigt worden sein, wenn einer ihrer Liebhaber sich in seinem Urtheile so weit sollte vergangen haben: und man weiß das grausame Schicksal des Monaldeschi um eines beleidigenden Ausdrucks willen von solcher Art bei einer Fürstin, die eben keine Lucretia hat vorstellen wollen. Es ist unausstehlich, daß man nicht einmal sollte Böses thun können, wenn man gleich wollte, weil auch die Unterlassung desselben alsdann jederzeit nur eine sehr zweideutige Tugend ist.

Um von diesem Ekelhaften sich so weit als möglich zu entfernen, gehört die *Reinlichkeit*, die zwar einem jeden Menschen wohl ansteht, bei dem schönen Geschlechte unter die Tugenden vom ersten Range und kann schwerlich von demselben zu hoch getrieben werden, da sie gleichwohl an einem Manne bisweilen zum Übermaße steigt und alsdann läppisch wird.

Die *Schamhaftigkeit* ist ein Geheimniß der Natur sowohl einer Neigung Schranken zu setzen, die sehr unbändig ist und, indem sie den Ruf der Natur für sich hat, sich immer mit guten, sittlichen Eigenschaften zu vertragen scheint, wenn sie gleich ausschweift. Sie ist demnach als ein Supplement der Grundsätze höchst nöthig; denn es giebt keinen Fall, da dieNeigung so leicht zum Sophisten wird, gefällige Grundsätze zu erklügeln, als hier. Sie dient aber auch zugleich, um einen geheimnißvollen Vorhang selbst vor die geziemendsten und nöthigsten Zwecke der Natur zu ziehen, damit die gar zu gemeine Bekanntschaft mit denselben nicht Ekel oder zum mindesten Gleichgültigkeit veranlasse in Ansehung der Endabsichten eines Triebes, worauf die feinsten und lebhaftesten Neigungen der menschlichen Natur gepfropft sind. Diese Eigenschaft ist dem schönen Geschlecht vorzüglich eigen und ihm sehr anständig. Es ist auch eine plumpe und verächtliche Ungezogenheit, durch die Art pöbelhafter Scherze, welche man *Zoten* nennt, die zärtliche Sittsamkeit desselben in Verlegenheit oder Unwillen zu setzen. Weil indessen, man mag nun um das Geheimniß so weit herumgehen, als man immer will, die Geschlechterneigung doch allen den übrigen Reizen endlich zum Grunde liegt, und ein Frauenzimmer immer als ein Frauenzimmer der angenehme Gegenstand einer wohlgesitteten Unterhaltung ist, so möchte daraus vielleicht zu erklären sein, warum sonst artige Mannspersonen sich bisweilen die Freiheit nehmen, durch den kleinen Muthwillen ihrer Scherze einige feine Anspielungen durchscheinen zu lassen, welche machen, daß man sie*lose* oder *schalkhaft* nennt, und wo, indem sie weder durch ausspähende Blicke beleidigen, noch die Achtung zu verletzen gedenken, sie glauben berechtigt zu sein, die Person, die es mit unwilliger oder spröder Miene aufnimmt, eine*Ehrbarkeitspedantin* zu nennen. Ich führe dieses nur an, weil es gemeiniglich als ein etwas kühner Zug vom schönen Umgange angesehen wird, auch in der That von je her viel Witz darauf ist verschwendet worden; was aber das Urtheil nach moralischer Strenge anlangt, so gehört das nicht hieher, da ich in der Empfindung des Schönen nur die Erscheinungen zu beobachten und zu erläutern habe.

Die edle Eigenschaften dieses Geschlechts, welche jedoch, wie wir schon angemerkt haben, niemals das Gefühl des*Schönen* unkenntlich machen müssen, kündigen sich durch nichts deutlicher und sicherer an als durch die*Bescheidenheit* einer Art von edler Einfalt und Naivetät bei großen Vorzügen. Aus derselben leuchtet eine ruhige Wohlgewogenheit und Achtung gegen andere hervor, zugleich mit einem gewissen *edlen Zutrauen* auf sich selbst und einer billigen Selbstschätzung verbunden, welche bei einer erhabenen Gemüthsart jederzeit anzutreffen ist. Indem diese feine Mischung zugleich durch Reize einnimmt und durch Achtung rührt, so stellt sie alle übrige schimmernde Eigenschaften wider den Muthwillen des Tadels und der Spottsucht in Sicherheit. Personen von dieser Gemüthsart haben auch ein Herz zur Freundschaft, welches an einem Frauenzimmer niemals kann hoch genug geschätzt werden, weil es so gar selten ist und zugleich so überaus reizend sein muß.

Da unsere Absicht ist über Empfindungen zu urtheilen, so kann es nicht unangenehm sein die Verschiedenheit des Eindrucks, den die Gestalt und Gesichtszüge des schönen Geschlechts auf das männliche machen, wo möglich unter Begriffe zu bringen. Diese ganze Bezauberung ist im Grunde über den Geschlechtertrieb verbreitet. Die Natur verfolgt ihre große Absicht, und alle Feinigkeiten, die sich hinzugesellen, sie mögen nun so weit davon abzustehen scheinen, wie sie wollen, sind nur Verbrämungen und entlehnen ihren Reiz doch am Ende aus eben derselben Quelle. Ein gesunder und *derber Geschmack*, der sich jederzeit sehr nahe bei diesem Triebe hält, wird durch die Reize des Anstandes, der Gesichtszüge, der Augen u. u. an einem Frauenzimmer wenig angefochten, und indem er eigentlich nur aufs Geschlecht geht, so sieht er mehrentheils die Delicatesse anderer als leere Tändelei an.

Wenn dieser Geschmack gleich nicht fein ist, so ist er deswegen doch nicht zu verachten. Denn der größte Theil der Menschen befolgt vermittelst desselben die große Ordnung der Natur auf eine sehr einfältige und sichere Art. Dadurch werden die meisten Ehen bewirkt und zwar von dem emsigsten Theile des menschlichen Geschlechts, und indem der Mann den Kopf nicht von bezaubernden Mienen, schmachtenden Augen, edlem Anstande u. u. voll hat, auch nichts von allem diesem versteht, so wird er desto aufmerksamer auf haushälterische Tugenden, Sparsamkeit u. u. und auf das Eingebrachte. Was den etwas feineren Geschmack anlangt, um dessentwillen es nöthig sein möchte einen Unterschied unter den äußerlichen Reizen des Frauenzimmers zu machen, so ist derselbe entweder auf das, was in der Gestalt und dem Ausdrucke des Gesichts *moralisch* ist, oder auf das *Unmoralische* geheftet. Ein Frauenzimmer wird in Ansehung der Annehmlichkeiten von der letzteren Art *hübsch* genannt. Ein proportionirlicher Bau, regelmäßige Züge, Farben von Auge und Gesicht, die zierlich abstechen, lauter Schönheiten, die auch an einem Blumenstrauße gefallen und einen kalten Beifall erwerben. Das Gesicht selber sagt nichts, ob es gleich hübsch ist, und redet nicht zum Herzen. Was den Ausdruck der Züge, der Augen und der Mienen anlangt, der moralisch ist, so geht er entweder auf das Gefühl des Erhabenen, oder des Schönen. Ein Frauenzimmer, an welchem die Annehmlichkeiten, die ihrem Geschlecht geziemen, vornehmlich den moralischen Ausdruck des Erhabenen hervorstechen lassen, heißt *schön* im eigentlichen Verstande, diejenige, deren moralische Zeichnung, so fern sie in den Mienen oder Gesichtszügen sich kennbar macht, die Eigenschaften des Schönen ankündigt, ist *annehmlich* und, wenn sie es in einem höhern Grade ist, *reizend*. Die erstere läßt unter einer Miene von Gelassenheit und einem edlen Anstande den Schimmer eines schönen Verstandes aus bescheidenen Blicken hervorspielen, und indem sich in ihrem Gesicht ein zärtlich Gefühl und wohlwollendes Herz abmalt, so bemächtigt sie sich sowohl der Neigung als der Hochachtung eines männlichen Herzens. Die zweite zeigt Munterkeit und Witz in lachenden Augen, etwas feinen Muthwillen, das Schäkerhafte der Scherze und schalkhafte Sprödigkeit. Sie reizt, wenn die erstere rührt, und das Gefühl der Liebe, dessen sie fähig ist und welche sie anderen einflößt, ist flatterhaft, aber schön, dagegen die Empfindung der ersteren zärtlich, mit Achtung verbunden und beständig ist. Ich mag mich nicht in gar zu ausführliche Zergliederung von dieser Art einlassen; denn in solchen Fällen scheint der Verfasser jederzeit seine eigene Neigung zu malen. Indessen berühre ich noch: daß der Geschmack, den viele Damen an einer gesunden, aber blassen Farbe finden, sich hier verstehen lasse. Denn diese begleitet gemeiniglich eine Gemüthsart von mehr innerem Gefühl und zärtlicher Empfindung, welches zur Eigenschaft des Erhabenen gehört, dagegen die rothe und blühende Farbe weniger von der ersteren, allein mehr von der fröhlichen und muntern Gemüthsart ankündigt; es ist aber der Eitelkeit gemäßer zu rühren und zu fesseln als zu reizen und anzulocken. Es können dagegen Personen ohne alles moralische Gefühl und ohne einigen Ausdruck, der auf Empfindungen deutete, sehr hübsch sein, allein sie werden weder rühren noch reizen, es sei denn denjenigen *derben Geschmack*, von dem wir Erwähnung gethan haben, welcher sich bisweilen etwas verfeinert und dann nach seiner Art auch wählt. Es ist schlimm, daß dergleichen schöne Geschöpfe leichtlich in den Fehler der *Aufgeblasenheit* verfallen durch das Bewußtsein der schönen Figur, die ihnen ihr Spiegel zeigt, und aus einem Mangel feinerer Empfindungen; da sie dann alles gegen sich kaltsinnig machen, den Schmeichler ausgenommen, der auf Absichten ausgeht und Ränke schmiedet.

Man kann nach diesen Begriffen vielleicht etwas von der so verschiedenen Wirkung verstehen, die die Gestalt eben desselben Frauenzimmers auf den Geschmack der Männer thut. Dasjenige, was in diesem Eindrucke sich zu nahe auf den Geschlechtertrieb bezieht und mit dem besondern *wollüstigen* Wahne, darin sich eines jeden Empfindung einkleidet, einstimmig sein mag, berühre ich nicht, weil es außer dem Bezirke des feinern Geschmackes ist; und es kann vielleicht richtig sein, was der Herr v. Buffon vermuthet, daß diejenige Gestalt, die den ersten Eindruck macht, zu der Zeit, wenn dieser Trieb noch neu ist und sich zu entwickeln anfängt, das Urbild bleibe, worauf in der künftigen Zeit alle weibliche Bildungen mehr oder weniger einschlagen müssen, welche die phantastische Sehnsucht rege machen können, dadurch eine ziemlich grobe Neigung unter den verschiedenen Gegenständen eines Geschlechts zu wählen genöthigt wird. Was den etwas feineren Geschmack anlangt, so behaupte ich, daß diejenige Art von Schönheit, welche wir die *hübsche Gestalt* genannt haben, von allen Männern ziemlich gleichförmig beurtheilt werde, und daß darüber die Meinungen nicht so verschieden seien, wie man wohl gemeiniglich dafür hält. Die *circassische* und *georgische* Mädchen sind von allen Europäern, die durch ihre Länder reisen, jederzeit für überaus hübsch gehalten worden. Die *Türken*, die *Araber*, die *Perser* müssen wohl mit diesem Geschmacke sehr einstimmig sein, weil sie sehr begierig sind ihre Völkerschaft durch so feines Blut zu verschönern, und man merkt auch an, daß der persischen Race dieses wirklich gelungen ist. Die Kaufleute von *Indostan* ermangeln gleichfalls nicht, von einem boshaften Handel mit so schönen Geschöpfen großen Vortheil zu ziehen, indem sie solche den 25 leckerhaften Reichen ihres Landes zuführen, und man sieht, daß, so sehr auch der Eigensinn des Geschmacks in diesen verschiedenen Weltgegenden abweichend sein mag, dennoch dasjenige, was einmal in einer derselben als vorzüglich *hübsch* erkannt wird, in allen übrigen auch dafür gehalten werde. Wo aber sich in das Urtheil über die feine Gestalt dasjenige einmengt, was in den Zügen moralisch ist, so ist der Geschmack bei verschiedenen Mannspersonen jederzeit sehr verschieden, sowohl nachdem ihr sittliches Gefühl selbst unterschieden ist, als auch nach der verschiedenen Bedeutung, die der Ausdruck des Gesichts in eines jeden Wahne haben mag. Man findet, daß diejenigen Bildungen, die beim ersten Anblicke nicht sonderliche Wirkung thun, weil sie nicht auf eine entschiedene Art hübsch sind, gemeiniglich, so bald sie bei näherer Bekanntschaft zu gefallen anfangen, auch weit mehr einnehmen und sich beständig zu verschönern scheinen; dagegen das hübsche Ansehen, was sich auf einmal ankündigt, in der Folge mit größerem Kaltsinn wahrgenommen wird, welches vermuthlich daher kommt, daß moralische Reize, wo sie sichtbar werden, mehr fesseln, imgleichen weil sie sich nur bei Gelegenheit sittlicher Empfindungen in Wirksamkeit setzen und sich gleichsam entdecken lassen, jede Entdeckung eines neuen Reizes aber immer noch mehr derselben vermuthen läßt; anstatt daß alle Annehmlichkeiten, die sich gar nicht verhehlen, nachdem sie gleich Anfangs ihre ganze Wirkung ausgeübt haben, in der Folge nichts weiter thun können, als den verliebten Vorwitz abzukühlen und ihn allmählig zur Gleichgültigkeit zu bringen.

Unter diesen Beobachtungen bietet sich ganz natürlich folgende Anmerkung dar. Das ganz einfältige und grobe Gefühl in den Geschlechterneigungen führt zwar sehr grade zum großen Zwecke der Natur, und indem es ihre Forderungen erfüllt, ist es geschickt die Person selbst ohne Umschweife glücklich zu machen, allein um der großen Allgemeinheit willen artet es leichtlich in Ausschweifung und Lüderlichkeit aus. An der anderen Seite dient ein sehr verfeinigter Geschmack zwar dazu, einer ungestümen Neigung die Wildheit zu benehmen und, indem er solche nur auf sehr wenig Gegenstände einschränkt, sie sittsam und anständig zu machen, allein sie verfehlt gemeiniglich die große Endabsicht der Natur, und da sie mehr fordert oder erwartet, als diese gemeiniglich leistet, so pflegt sie die Person von so delicater Empfindung sehr selten glücklich zu machen. Die erstere Gemüthsart wird ungeschlacht, weil sie auf alle von einem Geschlechte geht, die zweite grüblerisch, indem sie eigentlich auf keinen geht, sondern nur mit einem Gegenstande beschäftigt ist, den die verliebte Neigung sich in Gedanken schafft und mit allen edlen und schönen Eigenschaften ausziert, welche die Natur selten in einem Menschen vereinigt und noch seltner demjenigen zuführt, der sie schätzen kann und der vielleicht eines solchen Besitzes würdig sein würde. Daher entspringt der Aufschub und endlich die völlige Entsagung auf die eheliche Verbindung, oder, welches vielleicht eben so schlimm ist, eine grämische Reue nach einer getroffenen Wahl, welche die großen Erwartungen nicht erfüllt, die man sich gemacht hatte; denn nicht selten findet der äsopische Hahn eine Perle, welchem ein gemeines Gerstenkorn besser würde geziemt haben.

Wir können hiebei überhaupt bemerken, daß, so reizend auch die Eindrücke des zärtlichen Gefühls sein mögen, man doch Ursache habe in der Verfeinigung desselben behutsam zu sein, wofern wir uns nicht durch übergroße Reizbarkeit nur viel Unmuth und eine Quelle von Übel erklügeln wollen. Ich möchte edleren Seelen wohl vorschlagen, das Gefühl in Ansehung der Eigenschaften, die ihnen selbst zukommen, oder der Handlungen, die sie selber thun, so sehr zu verfeinern, als sie können, dagegen in Ansehung dessen, was sie genießen, oder von andern erwarten, den Geschmack in seiner Einfalt zu erhalten: wenn ich nur einsähe, wie dieses zu leisten möglich sei. In dem Falle aber, daß es anginge, würden sie andere glücklich machen und auch selbst glücklich sein. Es ist niemals aus den Augen zu lassen: daß, in welcher Art es auch sei, man keine sehr hohe Ansprüche auf die Glückseligkeiten des Lebens und die Vollkommenheit der Menschen machen müsse; denn derjenige, welcher jederzeit nur etwas Mittelmäßiges erwartet, hat den Vortheil, daß der Erfolg selten seine Hoffnung widerlegt, dagegen bisweilen ihn auch wohl unvermuthete Vollkommenheiten überraschen.

Allen diesen Reizen droht endlich das Alter, der große Verwüster der Schönheit, und es müssen, wenn es nach der natürlichen Ordnung gehen soll, allmählig die erhabenen und edlen Eigenschaften die Stelle der schönen einnehmen, um eine Person, so wie sie nachläßt liebenswürdig zu sein, immer einer größeren Achtung werth zu machen. Meiner Meinung nach sollte in der schönen Einfalt, die durch ein verfeinertes Gefühl an allem, was reizend und edel ist, erhoben worden, die ganze Vollkommenheit des schönen Geschlechts in der Blüthe der Jahre bestehen. Allmählig, so wie die Ansprüche auf Reizungen nachlassen, könnte das Lesen der Bücher und die Erweiterung der Einsicht unvermerkt die erledigte Stelle der Grazien durch die Musen ersetzen, und der Ehemann sollte der erste Lehrmeister sein. Gleichwohl wenn selbst die allem Frauenzimmer so schreckliche Epoche des Altwerdens herankommt, so gehört es doch auch alsdann noch immer zum schönen Geschlecht, und es verunziert sich selbst, wenn es in einer Art von Verzweiflung diesen Charakter länger zu erhalten sich einer mürrischen und grämischen Laune überläßt.

Eine bejahrte Person, welche mit einem sittsamen und freundlichen Wesen der Gesellschaft beiwohnt, auf eine muntere und vernünftige Art gesprächig ist, die Vergnügen der Jugend, darin sie selbst nicht Antheil nimmt, mit Anstand begünstigt und, indem sie für alles sorgt, Zufriedenheit und Wohlgefallen an der Freude, die um sie hervorgeht, verräth, ist noch immer eine feinere Person, als ein Mann in gleichem Alter und vielleicht noch liebenswürdiger als ein Mädchen, wiewohl in einem anderen Verstande. Zwar möchte die platonische Liebe wohl etwas zu mystisch sein, welche ein alter Philosoph vorgab, wenn er von dem Gegenstande seiner Neigung sagte: *Die Grazien residiren in ihren Runzeln, und meine Seele scheint auf meinen Lippen zu schweben, wenn ich ihren welken Mund küsse;* allein dergleichen Ansprüche müssen alsdann auch aufgegeben werden. Ein alter Mann, der verliebt thut, ist ein Geck, und die ähnliche Anmaßungen des andern Geschlechts sind alsdann ekelhaft. An der Natur liegt es niemals, wenn wir nicht mit einem guten Anstande erscheinen, sondern daran, daß man sie verkehren will.

Damit ich meinen Text nicht aus den Augen verliere, so will ich noch einige Betrachtungen über den Einfluß anstellen, den ein Geschlecht aufs andere haben kann, dessen Gefühl zu verschöneren oder zu veredlen. Das Frauenzimmer hat ein vorzügliches Gefühl für das *Schöne, so fern es ihnen selbst zukommt,* aber für das *Edle,* in so weit es am *männlichen Geschlechte* angetroffen wird. Der Mann dagegen hat ein entschiedenes Gefühl für das *Edle,* was zu *seinen*Eigenschaften gehört, für das *Schöne* aber, in so fern es an dem *Frauenzimmer* anzutreffen ist. Daraus muß folgen, daß die Zwecke der Natur darauf gehen, den Mann durch die Geschlechterneigung noch mehr zu *veredlen* und das Frauenzimmer durch eben dieselbe noch mehr zu *verschönern.* Ein Frauenzimmer ist darüber wenig verlegen, daß sie gewisse hohe Einsichten nicht besitzt, daß sie furchtsam und zu wichtigen Geschäften nicht auferlegt ist u. u., sie ist schön und nimmt ein, und das ist genug. Dagegen fordert sie alle diese Eigenschaften am Manne, und die Erhabenheit ihrer Seele zeigt sich nur darin, daß sie diese edle Eigenschaften zu schätzen weiß, so fern sie bei ihm anzutreffen sind. Wie würde es sonst wohl möglich sein, daß so viel männliche Fratzengesichter, ob sie gleich Verdienste besitzen mögen, so artige und feine Frauen bekommen könnten! Dagegen ist der Mann viel delicater in Ansehung der schönen Reize des Frauenzimmers. Er ist durch die feine Gestalt desselben, die muntere Naivetät und die reizende Freundlichkeit genugsam schadlos gehalten wegen des Mangels von Büchergelehrsamkeit und wegen anderer Mängel, die er durch seine eigene Talente ersetzen muß. Eitelkeit und Moden können wohl diesen natürlichen Trieben eine falsche Richtung geben und aus mancher Mannsperson einen *süßen Herren,* aus dem Frauenzimmer aber eine *Pedantin* oder *Amazone*machen, allein die Natur sucht doch jederzeit zu ihrer Ordnung zurückzuführen. Man kann daraus urtheilen, welch mächtige Einflüsse die Geschlechterneigung vornehmlich auf das männliche Geschlecht haben könnte, um es zu veredlen, wenn anstatt vieler trockenen Unterweisungen das moralische Gefühl des Frauenzimmers zeitig entwickelt würde, um dasjenige gehörig zu empfinden, was zu der Würde und den erhabenen Eigenschaften des anderen Geschlechts gehört, und dadurch vorbereitet würde, den läppischen Zieraffen mit Verachtung anzusehen und sich keinen andern Eigenschaften als den Verdiensten zu ergeben. Es ist auch gewiß, daß die Gewalt ihrer Reize dadurch überhaupt gewinnen würde; denn es zeigt sich, daß die Bezauberung derselben mehrentheils nur auf edlere Seelen wirke, die andere sind nicht fein genug, sie zu empfinden. Eben so sagte der Dichter *Simonides*, als man ihm rieth vor den*Thessaliern* seine schöne Gesänge hören zu lassen: *Diese Kerle sind zu dumm dazu, als daß sie von einem solchen Manne, wie ich bin, könnten betrogen werden.* Man hat es sonst schon als eine Wirkung des Umganges mit dem schönen Geschlecht angesehen, daß die männliche Sitten sanfter, ihr Betragen artiger und geschliffener und ihr Anstand zierlicher geworden; allein dieses ist nur ein Vortheil in der Nebensache. Es liegt am meisten daran, daß der Mann als Mann vollkommener werde und die Frau als ein Weib, d. i. daß die Triebfedern der Geschlechterneigung dem Winke der Natur gemäß wirken, den einen noch mehr zu veredlen und die Eigenschaften der andren zu verschönern. Wenn alles aufs Äußerste kommt, so wird der Mann, dreist auf seine Verdienste, sagen können: *Wenn ihr mich gleich nicht liebt, so will ich euch zwingen mich hochzuachten,* und das Frauenzimmer, sicher der Macht ihrer Reize, wird antworten: *Wenn ihr uns gleich nicht innerlich hochschätzet, so zwingen wir euch doch uns zu lieben.* In Ermangelung solcher Grundsätze sieht man Männer Weiblichkeiten annehmen, um zu gefallen, und Frauenzimmer bisweilen (wiewohl viel seltner) einen männlichen Anstand künstlen, um Hochachtung einzuflößen; was man aber wider den Dank der Natur macht, das macht man jederzeit sehr schlecht.

In dem ehelichen Leben soll das vereinigte Paar gleichsam eine einzige moralische Person ausmachen, welche durch den Verstand des Mannes und den Geschmack der Frauen belebt und regiert wird. Denn nicht allein daß man jenem mehr auf Erfahrung gegründete Einsicht, diesem aber mehr Freiheit und Richtigkeit in der Empfindung zutrauen kann, so ist eine Gemüthsart, je erhabener sie ist, auch um desto geneigter die größte Absicht der Bemühungen in der Zufriedenheit eines geliebten Gegenstandes zu setzen, und andererseits je schöner sie ist, desto mehr sucht sie durch Gefälligkeit diese Bemühung zu erwidern. Es ist also in einem solchen Verhältnisse ein Vorzugsstreit läppisch und, wo er sich ereignet, das sicherste Merkmal eines plumpen oder ungleich gepaarten Geschmackes. Wenn es dahin kommt, daß die Rede vom Rechte des Befehlshabers ist, so ist die Sache schon äußerst verderbt; denn wo die ganze Verbindung eigentlich nur auf Neigung errichtet ist, da ist sie schon halb zerrissen, so bald sich das Sollen anfängt hören zu lassen. Die Anmaßung des Frauenzimmers in diesem harten Tone ist äußerst häßlich und des Mannes im höchsten Grade unedel und verächtlich. Indessen bringt es die weise Ordnung der Dinge so mit sich: daß alle diese Feinigkeiten und Zärtlichkeiten der Empfindung nur im Anfange ihre ganze Stärke haben, in der Folge aber durch

Gemeinschaft und häusliche Angelegenheit allmählig stumpfer werden und dann in vertrauliche Liebe ausarten, wo endlich die große Kunst darin besteht, noch genugsame Reste von jenen zu erhalten, damit Gleichgültigkeit und Überdruß nicht den ganzen Werth des Vergnügens aufheben, um dessentwillen es einzig und allein verlohnt hat eine solche Verbindung einzugehen.

Vierter Abschnitt.

Von den Nationalcharaktern, in so fern sie auf dem unterschiedlichen Gefühl des Erhabenen und Schönen beruhen.

Unter den Völkerschaften unseres Welttheils sind meiner Meinung nach die *Italiäner* und *Franzosen* diejenige, welcheim Gefühl des *Schönen*, die *Deutsche* aber, *Engländer* und *Spanier*, die durch das Gefühl des *Erhabenen* sich unter allen übrigen am meisten ausnehmen. *Holland* kann für dasjenige Land gehalten werden, wo dieser feinere Geschmack ziemlich unmerklich wird. Das Schöne selbst ist entweder bezaubernd und rührend, oder lachend und reizend. Das erstere hat etwas von dem Erhabenen an sich, und das Gemüth in diesem Gefühl ist tiefsinnig und entzückt, in dem Gefühl der zweiten Art aber lächelnd und fröhlich. Den Italiänern scheint die erstere, den Franzosen die zweite Art des schönen Gefühls vorzüglich angemessen zu sein. In dem Nationalcharakter, der den Ausdruck des Erhabenen an sich hat, ist dieses entweder das von der schreckhaftern Art, das sich ein wenig zum Abenteuerlichen neigt, oder es ist ein Gefühl für das Edle, oder für das Prächtige. Ich glaube Gründe zu haben das Gefühl der ersteren Art dem Spanier, der zweiten dem Engländer und der dritten dem Deutschen beilegen zu können. Das Gefühl fürs Prächtige ist seiner Natur nach nicht original, so wie die übrigen Arten des Geschmacks, und obgleich ein Nachahmungsgeist mit jedem andern Gefühl kann verbunden sein, so ist er doch dem für das Schimmernd-Erhabene mehr eigen, denn es ist dieses eigentlich ein gemischtes Gefühl aus dem des Schönen und des Edlen, wo jedes, für sich betrachtet, kälter ist, und daher das Gemüth frei genug ist, bei der Verknüpfung desselben auf Beispiele zu merken, und auch deren Antrieb vonnöthen hat. Der Deutsche wird demnach weniger Gefühl in Ansehung des Schönen haben als der Franzose und weniger von demjenigen, was auf das Erhabene geht, als der Engländer, aber in den Fällen, wo beides verbunden erscheinen soll, wird es seinem Gefühl mehr gemäß sein, wie er denn auch die Fehler glücklich vermeiden wird, in die eine ausschweifende Stärke einer jeden dieser Arten des Gefühls allein gerathen könnte.

Ich berühre nur flüchtig die Künste und die Wissenschaften, deren Wahl den

Geschmack der Nationen bestätigen kann,welchen wir ihnen beigemessen haben. Das italiänische Genie hat sich vornehmlich in der Tonkunst, der Malerei, Bildhauerkunst und der Architektur hervorgethan. Alle diese schöne Künste finden einen gleich feinen Geschmack in Frankreich für sich, obgleich die Schönheit derselben hier weniger rührend ist. Der Geschmack in Ansehung der dichterischen oder rednerischen Vollkommenheit fällt in Frankreich mehr in das Schöne, in England mehr in das Erhabene. Die feine Scherze, das Lustspiel, die lachende Satire, das verliebte Tändeln und die leicht und natürlich fließende Schreibart sind dort original. In England dagegen Gedanken von tiefsinnigem Inhalt, das Trauerspiel, das epische Gedicht und überhaupt schweres Gold von Witze, welches unter französischem Hammer zu dünnen Blättchen von großer Oberfläche kann gedehnt werden. In Deutschland schimmert der Witz noch sehr durch die Folie. Ehedem war er schreiend, durch Beispiele aber und den Verstand der Nation ist er zwar reizender und edler geworden, aber jenes mit weniger Naivetät, dieses mit einem minder kühnen Schwunge, als in den erwähnten Völkerschaften. Der Geschmack der holländischen Nation an einer peinlichen Ordnung und einer Zierlichkeit, die in Bekümmerniß und Verlegenheit setzt, läßt auch wenig Gefühl in Ansehung der ungekünstelten und freien Bewegungen des Genies vermuthen, dessen Schönheit durch die ängstliche Verhütung der Fehler nur würde entstellt werden. Nichts kann allen Künsten und Wissenschaften mehr entgegen sein als ein abenteuerlicher Geschmack, weil dieser die Natur verdreht, welche das Urbild alles Schönen und Edlen ist. Daher hat die spanische Nation auch wenig Gefühl für die schönen Künste und Wissenschaften an sich gezeigt.

Die Gemüthscharaktere der Völkerschaften sind am kenntlichsten bei demjenigen, was an ihnen moralisch ist; um deswillen wollen wir noch das verschiedene Gefühl derselben in Ansehung des Erhabenen und Schönen aus diesem Gesichtspunkte in Erwägung ziehen.

Der *Spanier* ist ernsthaft, verschwiegen und wahrhaft. Es giebt wenig redlichere Kaufleute in der Welt als die spanischen. Er hat eine stolze Seele und mehr Gefühl für große als für schöne Handlungen. Da in seiner Mischung wenig von dem gütigen und sanften Wohlwollen anzutreffen ist, so ist er öfters hart und auch wohl grausam. Das *Auto da Fe* erhält sich nicht sowohl durch den Aberglauben, als durch die abenteuerliche Neigung der Nation, welche durch einen ehrwürdig-schrecklichen Aufzug gerührt wird, worin es den mit Teufelsgestalten bemalten *San Benito* den Flammen, die eine wüthende Andacht entzündet hat, überliefern sieht. Man kann nicht sagen, der Spanier sei hochmüthiger, oder verliebter als jemand aus einem andern Volke, allein er ist beides auf eine abenteuerliche Art, die seltsam und ungewöhnlich ist. Den Pflug stehen lassen und mit einem langen Degen und Mantel so lange auf dem

Ackerfelde spazieren, bis der vorüber reisende Fremde vorbei ist, oder in einem Stiergefechte, wo die Schönen des Landes einmal unverschleiert gesehen werden, seine Beherrscherin durch einen besonderen Gruß ankündigen und dann ihr zu Ehren sich in einen gefährlichen Kampf mit einem wilden Thiere wagen, sind ungewöhnliche und seltsame Handlungen, die von dem Natürlichen weit abweichen.

Der *Italiäner* scheint ein gemischtes Gefühl zu haben von dem eines Spaniers und dem eines Franzosen; mehr Gefühl für das Schöne als der erstere und mehr für das Erhabene als der letztere. Auf diese Art können, wie ich meine, die übrige Züge seines moralischen Charakters erklärt werden.

Der *Franzose* hat ein herrschendes Gefühl für das moralisch Schöne. Er ist artig, höflich und gefällig. Er wird sehr geschwinde vertraulich, ist scherzhaft und frei im Umgange, und der Ausdruck ein *Mann* oder eine *Dame von gutem Tone* hat nur eine verständliche Bedeutung für den, der das artige Gefühl eines Franzosen erworben hat. Selbst seine erhabene Empfindungen, deren er nicht wenige hat, sind dem Gefühle des Schönen untergeordnet und bekommen nur ihre Stärke durch die Zusammenstimmung mit dem letzteren. Er ist sehr gerne witzig und wird einem Einfalle ohne Bedenken etwas von der Wahrheit aufopfern. Dagegen, wo man nicht witzig sein kann, zeigt er eben so wohl gründliche Einsicht, als jemand aus irgend einem andern Volke z. E. in der Mathematik und in den übrigen trockenen und tiefsinnigen Künsten und Wissenschaften. Ein *Bon Mot* hat bei ihm nicht den flüchtigen Werth als anderwärts, es wird begierig verbreitet und in Büchern aufbehalten, wie die wichtigste Begebenheit. Er ist ein ruhiger Bürger und rächt sich wegen der Bedrückungen der Generalpächter durch Satiren, oder durch Parlaments-Remonstrationen, welche, nachdem sie ihrer Absicht gemäß den Vätern des Volks ein schönes patriotisches Ansehen gegeben haben, nichts weiter thun, als daß sie durch eine rühmliche Verweisung gekrönt und in sinnreichen Lobgedichten besungen werden. Der Gegenstand, auf welchen sich die Verdienste und Nationalfähigkeiten dieses Volks am meisten beziehen, ist das Frauenzimmer. Nicht als wenn es hier mehr als anderwärts geliebt oder geschätzt würde, sondern weil es die beste Veranlassung giebt die beliebteste Talente des Witzes, der Artigkeit und der guten Manieren in ihrem Lichte zu zeigen; übrigens liebt eine eitele Person eines jeden Geschlechts jederzeit nur sich selbst; die andere ist blos ihr Spielwerk. Da es den Franzosen an edlen Eigenschaften gar nicht gebricht, nur daß diese durch die Empfindung des Schönen allein können belebt werden, so würde das schöne Geschlecht hier einen mächtigern Einfluß haben können, die edelste Handlungen des männlichen zu erwecken und rege zu machen, als irgend sonst in der Welt, wenn man bedacht wäre, diese Richtung des Nationalgeistes ein wenig zu begünstigen. Es ist schade, daß die Lilien nicht spinnen.

Der Fehler, woran dieser Nationalcharakter am nächsten gränzt, ist das Läppische, oder mit einem höflicheren Ausdrucke das Leichtsinnige. Wichtige Dinge werden als Spaße behandelt, und Kleinigkeiten dienen zur ernsthaftesten Beschäftigung. Im Alter singt der Franzose alsdann noch lustige Lieder und ist, so viel er kann, auch galant gegen das Frauenzimmer. Bei diesen Anmerkungen habe ich große Gewährsmänner aus eben derselben Völkerschaft auf meiner Seite und ziehe mich hinter einen Montesquieu und D'Alembert, um wider jeden besorglichen Unwillen sicher zu sein.

Der *Engländer* ist im Anfange einer jeden Bekanntschaft kaltsinnig und gegen einen Fremden gleichgültig. Er hat wenig Neigung zu kleinen Gefälligkeiten; dagegen wird er, so bald er ein Freund ist, zu großen Dienstleistungen auferlegt. Er bemüht sich wenig im Umgange witzig zu sein, oder einen artigen Anstand zu zeigen, dagegen ist er verständig und gesetzt. Er ist ein schlechter Nachahmer, frägt nicht viel darnach, was andere urtheilen, und folgt lediglich seinem eigenen Geschmacke. Er ist in Verhältniß auf das Frauenzimmer nicht von französischer Artigkeit, aber bezeigt gegen dasselbe weit mehr Achtung und treibt diese vielleicht zu weit, indem er im Ehestande seiner Frauen gemeiniglich ein unumschränktes Ansehen einräumt. Er ist standhaft, bisweilen bis zur Hartnäckigkeit, kühn und entschlossen, oft bis zur Vermessenheit und handelt nach Grundsätzen gemeiniglich bis zum Eigensinne. Er wird leichtlich ein Sonderling, nicht aus Eitelkeit, sondern weil er sich wenig um andere bekümmert und seinem Geschmacke aus Gefälligkeit oder Nachahmung nicht leichtlich Gewalt thut; um deswillen wird er selten so sehr geliebt als der Franzose, aber, wenn er gekannt ist, gemeiniglich mehr hochgeachtet.

Der *Deutsche* hat ein gemischtes Gefühl aus dem eines Engländers und dem eines Franzosen, scheint aber dem ersteren am nächsten zu kommen, und die größere Ähnlichkeit mit dem letzteren ist nur gekünstelt und nachgeahmt. Er hat eine glückliche Mischung in dem Gefühle sowohl des Erhabenen und des Schönen; und wenn er in dem ersteren es nicht einem Engländer im zweiten aber dem Franzosen nicht gleich thut, so übertrifft er sie beide, in so fern er sie verbindet. Er zeigt mehr Gefälligkeit im Umgange als der erstere, und wenn er gleich nicht so viel angenehme Lebhaftigkeit und Witz in die Gesellschaft bringt, als der Franzose, so äußert er doch darin mehr Bescheidenheit und Verstand. Er ist, so wie in aller Art des Geschmacks, also auch in der Liebe ziemlich methodisch, und indem er das Schöne mit dem Edlen verbindet, so ist er in der Empfindung beider kalt genug, um seinen Kopf mit den Überlegungen des Anstandes, der Pracht und des Aufsehens zu beschäftigen. Daher sind Familie, Titel und Rang bei ihm sowohl im bürgerlichen Verhältnisse als in der Liebe Sachen von großer Bedeutung. Er fragt weit mehr als die vorige darnach, *was die Leute von ihm urtheilen möchten*, und wo etwas in seinem Charakter ist, das den Wunsch einer Hauptverbesserung rege machen könnte, so ist es diese Schwachheit, nach welcher er sich nicht erkühnt original zu sein, ob er gleich dazu alle Talente hat, und daß er sich zu viel mit der Meinung anderer einläßt, welches den sittlichen Eigenschaften alle Haltung nimmt, indem es sie wetterwendisch und falsch gekünstelt macht.

Der *Holländer* ist von einer ordentlichen und emsigen Gemüthsart, und indem er lediglich auf das Nützliche sieht, so hat er wenig Gefühl für dasjenige, was im feineren Verstande schön oder erhaben ist. Ein großer Mann bedeutet bei ihm eben so viel als ein reicher Mann, unter dem Freunde versteht er seinen Correspondenten, und ein Besuch ist ihm sehr langweilig, der ihm nichts einbringt. Er macht den Contrast sowohl gegen den Franzosen als den Engländer und ist gewissermaßen ein sehr phlegmatisirter Deutscher.

Wenn wir den Versuch dieser Gedanken in irgend einem Falle anwenden, um z. E. das Gefühl der Ehre zu erwägen, so zeigen sich folgende Nationalunterschiede. Die Empfindung für die Ehre ist am Franzosen *Eitelkeit*, an dem Spanier *Hochmuth*, an dem Engländer *Stolz*, an dem Deutschen *Hoffart* und an dem Holländer *Aufgeblasenheit*. Diese Ausdrücke scheinen beim ersten Anblicke einerlei zu bedeuten, allein sie bemerken nach dem Reichthum unserer deutschen Sprache sehr kenntliche Unterschiede. Die *Eitelkeit* buhlt um Beifall, ist flatterhaft und veränderlich, ihr äußeres Betragen aber ist *höflich*. Der *Hochmüthige* ist voll von fälschlich eingebildeten großen Vorzügen und bewirbt sich nicht viel um den Beifall anderer, seine Aufführung ist steif und *hochtrabend*. Der *Stolz* ist eigentlich nur ein größeres Bewußtsein seines eigenen Werthes, der öfters sehr richtig sein kann (um deswillen er auch bisweilen ein edler Stolz heißt; niemals aber kann ich jemanden einen edlen Hochmuth beilegen, weil dieser jederzeit eine unrichtige und übertriebene Selbstschätzung anzeigt), das Betragen des Stolzen gegen andere ist *gleichgültig* und kaltsinnig. Der *Hoffärtige* ist ein Stolzer, der zugleich eitel ist. Der Beifall aber, den er bei andern sucht, besteht in Ehrenbezeugungen. Daher schimmert er gerne durch Titel, Ahnenregister und Gepränge. Der Deutsche ist vornehmlich von dieser Schwachheit angesteckt. Die Wörter: Gnädig, Hochgeneigt, Hoch- und Wohlgeb. und dergleichen Bombast mehr, machen seine Sprache steif und ungewandt und verhindern gar sehr die schöne Einfalt, welche andere Völker ihrer Schreibart geben können. Das Betragen eines Hoffärtigen in dem Umgange ist *Ceremonie*. Der *Aufgeblasene* ist ein Hochmüthiger, welcher deutliche Merkmale der Verachtung anderer in seinem Betragen äußert. In der Aufführung ist er *grob*. Diese elende Eigenschaft entfernt sich am weitesten vom feineren Geschmacke, weil sie offenbar dumm ist; denn das ist gewiß nicht das Mittel, dem Gefühl für Ehre ein Gnüge zu leisten, daß man durch offenbare Verachtung alles um sich zum Hasse und zur beißenden Spötterei auffordert.

In der Liebe haben der Deutsche und der Engländer einen ziemlich guten Magen, etwas fein von Empfindung, mehr aber von gesundem und *derbem Geschmacke*. Der Italiäner ist in diesem Punkte *grüblerisch*, der Spanier *phantastisch*, der Franzose *vernascht*.

Die Religion unseres Welttheils ist nicht die Sache eines eigenwilligen Geschmacks, sondern von ehrwürdigerem Ursprunge. Daher können auch nur die Ausschweifungen in derselben und das, was darin den Menschen eigenthümlich angehört, Zeichen von den verschiedenen Nationaleigenschaften abgeben. Ich bringe diese Ausschweifungen unter folgende
Hauptbegriffe: *Leichtgläubigkeit* (Credulität), *Aberglaube* (Superstition), *Schw*
und*Gleichgültigkeit* (Indifferentism). *Leichtgläubig* ist mehrentheils der unwissende Theil einer jeden Nation, ob er gleich kein merkliches feineres Gefühl hat. Die Überredung kommt lediglich auf das Hörensagen und das scheinbare Ansehen an, ohne daß einige Art des feinern Gefühls dazu die Triebfeder enthielte. Die Beispiele ganzer Völker von dieser Art muß man in Norden suchen. Der Leichtgläubige, wenn er von abenteuerlichem Geschmack ist, wird *abergläubisch*. Dieser Geschmack ist sogar an sich selbst ein Grund etwas leichter zu glauben , und von zwei Menschen, deren der eine von diesem Gefühl angesteckt, der andere aber von kalter und gemäßigter Gemüthsart ist, wird der erstere, wenn er gleich wirklich mehr Verstand hat, dennoch durch seine herrschende Neigung eher verleitet werden etwas Unnatürliches zu glauben, als der andere, welchen nicht seine Einsicht, sondern sein gemeines und phlegmatisches Gefühl vor dieser Ausschweifung bewahrt. Der Abergläubische in der Religion stellt zwischen sich und dem höchsten Gegenstande der Verehrung gerne gewisse mächtige und erstaunliche Menschen, Riesen so zu reden der Heiligkeit, denen die Natur gehorcht und deren beschwörende Stimme die eiserne Thore des Tartarus auf- oder zuschließt, die, indem sie mit ihrem Haupte den Himmel berühren, ihren Fuß noch auf der niederen Erde stehen haben. Die Unterweisung der gesunden Vernunft wird demnach in *Spanien* große Hindernisse zu überwinden haben, nicht darum weil sie die Unwissenheit daselbst zu vertreiben hat, sondern weil ein seltsamer Geschmack ihr entgegensteht, welchem das Natürliche gemein ist, und der niemals glaubt in einer erhabenen Empfindung zu sein, wenn sein Gegenstand nicht abenteuerlich ist. Die*Schwärmerei* ist so zu sagen eine andächtige Vermessenheit und wird durch einen gewissen Stolz und ein gar zu großes Zutrauen zu sich selbst veranlaßt, um den himmlischen Naturen näher zu treten und sich durch einen erstaunlichen Flug über die gewöhnliche und vorgeschriebene Ordnung zu erheben. Der Schwärmer redet nur von unmittelbarer Eingebung und vom beschaulichen Leben, indessen daß der

Abergläubische vor den Bildern großer wunderthätiger Heiligen Gelübde thut und sein Zutrauen auf die eingebildete und unnachahmliche Vorzüge anderer Personen von seiner eigenen Natur setzt. Selbst die Ausschweifungen führen, wie wir oben bemerkt haben, Zeichen des Nationalgefühls bei sich, und so ist der Fanaticismus wenigstens in den vorigen Zeiten am meisten in Deutschland und England anzutreffen gewesen und ist gleichsam ein unnatürlicher Auswuchs des edlen Gefühls, welches zu dem Charakter dieser Völker gehört, und überhaupt bei weitem nicht so schädlich, als die abergläubische Neigung, wenn er gleich im Anfange ungestüm ist, weil die Erhitzung eines schwärmerischen Geistes allmählich verkühlt und seiner Natur nach endlich zur ordentlichen Mäßigung gelangen muß, anstatt daß der Aberglaube sich in einer ruhigen und leidenden Gemüthsbeschaffenheit unvermerkt tiefer einwurzelt und dem gefesselten Menschen das Zutrauen gänzlich benimmt, sich von einem schädlichen Wahne jemals zu befreien. Endlich ist ein Eiteler und Leichtsinniger jederzeit ohne stärkeres Gefühl für das Erhabene, und seine Religion ist ohne Rührung, mehrentheils nur eine Sache der Mode, welche er mit aller Artigkeit begeht, und kalt bleibt. Dieses ist der praktische *Indifferentismus,* zu welchem der *französische*Nationalgeist am meisten geneigt zu sein scheint, wovon bis zur frevelhaften Spötterei nur ein Schritt ist und der im Grunde, wenn auf den inneren Werth gesehen wird, von einer gänzlichen Absagung wenig voraus hat.

Gehen wir mit einem flüchtigen Blicke noch die andere Welttheile durch, so treffen wir den *Araber* als den edelsten Menschen im Oriente an, doch von einem Gefühl, welches sehr in das Abenteuerliche ausartet. Er ist gastfrei, großmüthig und wahrhaft; allein seine Erzählung und Geschichte und überhaupt seine Empfindung ist jederzeit mit etwas Wunderbarem durchflochten. Seine erhitzte Einbildungskraft stellt ihm die Sachen in unnatürlichen und verzogenen Bildern dar, und selbst die Ausbreitung seiner Religion war ein großes Abenteuer. Wenn die Araber gleichsam die Spanier des Orients sind, so sind die *Perser* die Franzosen von Asien. Sie sind gute Dichter, höflich und von ziemlich feinem Geschmacke. Sie sind nicht so strenge Befolger des Islam und erlauben ihrer zur Lustigkeit aufgelegten Gemüthsart eine ziemlich milde Auslegung des Koran. Die *Japoneser* könnten gleichsam als die Engländer dieses Welttheils angesehen werden, aber kaum in einer andern Eigenschaft, als ihrer Standhaftigkeit, die bis zur äußersten Halsstarrigkeit ausartet, ihrer Tapferkeit und Verachtung des Todes. Übrigens zeigen sie wenig Merkmale eines feineren Gefühls an sich. Die *Indianer* haben einen herrschenden Geschmack von Fratzen von derjenigen Art, die ins Abenteuerliche einschlägt. Ihre Religion besteht aus Fratzen. Götzenbilder von ungeheurer Gestalt, der unschätzbare Zahn des mächtigen Affen Hanuman, die unnatürliche Büßungen der Fakirs (heidnischer Bettelmönche) u. s. w. sind in diesem Geschmacke. Die willkürliche Aufopferung der Weiber in eben demselben Scheiterhaufen, der die Leiche ihres Mannes verzehrt, ist ein scheusliches Abenteuer. Welche läppische Fratzen enthalten nicht die weitschichtige und ausstudirte Complimente der *Chineser;* selbst ihre Gemälde sind fratzenhaft und stellen wunderliche und unnatürliche Gestalten vor, dergleichen nirgend in der Welt anzutreffen sind. Sie haben auch ehrwürdige Fratzen, darum weil sie von uraltem Gebrauch sind, und keine Völkerschaft in der Welt hat deren mehr als diese.

Die *Negers* von Afrika haben von der Natur kein Gefühl, welches über das Läppische stiege. Herr *Hume* fordert jedermann auf, ein einziges Beispiel anzuführen, da ein Neger Talente gewiesen habe, und behauptet: daß unter den hunderttausenden von Schwarzen, die aus ihren Ländern anderwärts verführt werden, obgleich deren sehr viele auch in Freiheit gesetzt werden, dennoch nicht ein einziger jemals gefunden worden, der entweder in Kunst oder Wissenschaft, oder irgend einer andern rühmlichen Eigenschaft etwas Großes vorgestellt habe, obgleich unter den Weißen sich beständig welche aus dem niedrigsten Pöbel empor schwingen und durch vorzügliche Gaben in der Welt ein Ansehen erwerben. So wesentlich ist der Unterschied zwischen diesen zwei Menschengeschlechtern, und er scheint eben so groß in Ansehung der Gemüthsfähigkeiten, als der Farbe nach zu sein. Die unter ihnen weit ausgebreitete Religion der Fetische ist vielleicht eine Art von Götzendienst, welcher so tief ins Läppische sinkt, als es nur immer von der menschlichen Natur möglich zu sein scheint. Eine Vogelfeder, ein Kuhhorn, eine Muschel, oder jede andere gemeine Sache, so bald sie durch einige Worte eingeweiht worden, ist ein Gegenstand der Verehrung und der Anrufung in Eidschwüren. Die Schwarzen sind sehr eitel, aber auf Negerart und so plauderhaft, daß sie mit Prügeln müssen aus einander gejagt werden.

Unter allen *Wilden* ist keine Völkerschaft, welche einen so erhabenen Gemüthscharakter an sich zeigte, als die von*Nordamerika.* Sie haben ein starkes Gefühl für Ehre, und indem sie, um sie zu erjagen, wilde Abenteuer hunderte von Meilen weit aufsuchen, so sind sie noch äußerst aufmerksam den mindesten Abbruch derselben zu verhüten, wenn ihr eben so harter Feind, nachdem er sie ergriffen hat, durch grausame Qualen feige Seufzer von ihnen zu erzwingen sucht. Der canadische Wilde ist übrigens wahrhaft und redlich. Die Freundschaft, die er errichtet, ist eben so abenteuerlich und enthusiastisch, als was jemals aus den ältesten und fabelhaften Zeiten davon gemeldet worden. Er ist äußerst stolz, empfindet den ganzen Werth der Freiheit und erduldet selbst in der Erziehung keine Begegnung, welche ihm eine niedrige Unterwerfung empfinden ließe. *Lykurgus* hat wahrscheinlicher Weise eben dergleichen Wilden Gesetze gegeben, und wenn ein Gesetzgeber unter den sechs Nationen aufstände, so würde man eine spartanische Republik sich in der neuen Welt erheben sehen; wie denn die Unternehmung der Argonauten von den Kriegeszügen dieser Indianer wenig unterschieden ist, und *Jason* vor dem *Attakakullakulla* nichts als die Ehre eines griechischen Namens voraus hat. Alle diese Wilde haben wenig Gefühl für das Schöne im moralischen Verstande, und die großmüthige Vergebung einer Beleidigung, die zugleich edel und schön ist, ist als Tugend unter den Wilden völlig unbekannt, sondern wird wie eine elende Feigheit verachtet. Tapferkeit ist das größte Verdienst des Wilden und Rache seine süßeste Wollust. Die übrigen Eingeborne dieses Welttheils zeigen wenig Spuren eines Gemüthscharakters, welcher zu feineren Empfindungen aufgelegt wäre, und eine außerordentliche Fühllosigkeit macht das Merkmal dieser Menschengattungen aus.

Betrachten wir das Geschlechter-Verhältniß in diesen Welttheilen, so finden wir, daß der *Europäer* einzig und allein das Geheimniß gefunden hat, den sinnlichen Reiz einer mächtigen Neigung mit so viel Blumen zu schmücken und mit so viel Moralischem zu durchflechten, daß er die Annehmlichkeiten desselben nicht allein überaus erhöht, sondern auch sehr anständig gemacht hat. Der Bewohner des *Orients* ist in diesem Punkte von sehr falschem Geschmacke. Indem er keinen Begriff hat von dem sittlich Schönen, das mit diesem Triebe kann verbunden werden, so büßt er auch sogar den Werth des sinnlichen Vergnügens ein, und sein Haram ist ihm eine beständige Quelle von Unruhe. Er geräth auf allerlei verliebte Fratzen, worunter das eingebildete Kleinod eins der vornehmsten ist, dessen er sich vor allem zu versichern sucht, dessen ganzer Werth nur darin besteht, daß man es zerbricht, und von welchem man überhaupt in unserem Welttheil viel hämischen Zweifel hegt, und zu dessen Erhaltung er sich sehr unbilliger und öfters ekelhafter Mittel bedient. Daher ist die Frauensperson daselbst jederzeit im Gefängnisse, sie mag nun ein Mädchen sein, oder einen barbarischen, untüchtigen und jederzeit argwöhnischen Mann haben. In den Ländern der *Schwarzen* was kann man da Besseres erwarten, als was durchgängig daselbst angetroffen wird, nämlich das weibliche Geschlecht in der tiefsten Sklaverei? Ein Verzagter ist allemal ein strenger Herr über den Schwächeren, so wie auch bei uns derjenige Mann jederzeit ein Tyrann in der Küche ist, welcher außer seinem Hause sich kaum erkühnt jemanden unter die Augen zu treten. Der Pater Labat meldet zwar, daß ein Negerzimmermann, dem er das hochmüthige Verfahren gegen seine Weiber vorgeworfen, geantwortet habe: *Ihr Weiße seid rechte Narren, denn zuerst räumet ihr euren Weibern so viel ein, und hernach klagt ihr, wenn sie euch den Kopf toll machen;* es ist auch, als wenn hierin so etwas wäre, was vielleicht verdiente in Überlegung gezogen zu werden, allein kurzum, dieser Kerl war vom Kopf bis auf die Füße ganz schwarz, ein deutlicher Beweis, daß das, was er sagte, dumm war. Unter allen Wilden sind keine, bei denen das weibliche Geschlecht in größerem wirklichen Ansehen stände, als die von *Canada*. Vielleicht übertreffen sie darin sogar unseren gesitteten Welttheil. Nicht als wenn man den Frauen daselbst demüthige Aufwartungen machte; das sind nur Complimente. Nein sie haben wirklich zu befehlen. Sie versammlen sich und berathschlagen über wichtige Anordnungen der Nation, über Krieg und Frieden. Sie schicken darauf ihre Abgeordnete an den männlichen Rath, und gemeiniglich ist ihre Stimme diejenige, welche entscheidet. Aber sie erkaufen diesen Vorzug theuer genug. Sie haben alle häußliche Angelegenheiten auf dem Halse und nehmen an allen Beschwerlichkeiten der Männer mit Antheil.

Wenn wir zuletzt noch einige Blicke auf die Geschichte werfen, so sehen wir den Geschmack der Menschen wie einen Proteus stets wandelbare Gestalten annehmen. Die alten Zeiten der Griechen und Römer zeigten deutliche Merkmale eines ächten Gefühls für das Schöne sowohl als das Erhabene in der Dichtkunst, der Bildhauerkunst, der Architektur, der Gesetzgebung und selbst in den Sitten. Die Regierung der römischen Kaiser veränderte die edle sowohl als die schöne Einfalt in das Prächtige und dann in den falschen Schimmer, wovon uns noch die Überbleibsel ihrer Beredsamkeit, Dichtkunst und selbst die Geschichte ihrer Sitten belehren können. Allmählig erlosch auch dieser Rest des feinern Geschmacks mit dem gänzlichen Verfall des Staats. Die Barbaren, nachdem sie ihrerseits ihre Macht befestigten, führten einen gewissen verkehrten Geschmack ein, den man den gothischen nennt, und der auf Fratzen auslief. Man sah nicht allein Fratzen in der Baukunst, sondern auch in den Wissenschaften und den übrigen Gebräuchen. Das verunartete Gefühl, da es einmal durch falsche Kunst geführt ward, nahm eher eine jede andere natürliche Gestalt, als die alte Einfalt der Natur an und war entweder beim Übertriebenen, oder beim Läppischen. Der höchste Schwung, den das menschliche Genie nahm, um zu dem Erhabenen aufzusteigen, bestand in Abenteuern. Man sah geistliche und weltliche Abenteurer und oftmals eine widrige und ungeheure Bastardart von beiden. Mönche mit dem Meßbuch in einer und der Kriegsfahne in der andern Hand, denen ganze Heere betrogener Schlachtopfer folgten, um in andern Himmelsgegenden und in einem heiligeren Boden ihre Gebeine verscharren zu lassen, eingeweihte Krieger, durch feierliche Gelübde zur Gewaltthätigkeit und Missethaten geheiligt, in der Folge eine seltsame Art von heroischen Phantasten, welche sich Ritter nannten und Abenteuer aussuchten, Turniere, Zweikämpfe und romanische Handlungen. Während dieser Zeit ward die Religion zusammt den Wissenschaften und Sitten durch elende Fratzen entstellt, und man bemerkt, daß der Geschmack nicht leichtlich auf einer Seite ausartet, ohne auch in allem übrigen, was zum feineren Gefühl gehört, deutliche Zeichen seiner Verderbniß darzulegen. Die Klostergelübde machten aus einem großen Theil nutzbarer Menschen zahlreiche Gesellschaften emsiger Müßiggänger, deren grüblerische Lebensart sie geschickt machte, tausend Schulfratzen auszuhecken, welche von da in größere Welt ausgingen und ihre Art verbreiteten. Endlich nachdem das menschliche Genie von einer fast gänzlichen Zerstörung sich durch eine

Art von Palingenesie glücklich wiederum erhoben hat, so sehen wir in unsern Tagen den richtigen Geschmack des Schönen und Edlen sowohl in den Künsten und Wissenschaften als in Ansehung des Sittlichen aufblühen, und es ist nichts mehr zu wünschen, als daß der falsche Schimmer, der so leichtlich täuscht, uns nicht unvermerkt von der edlen Einfalt entferne, vornehmlich aber, daß das noch unentdeckte Geheimniß der Erziehung dem alten Wahne entrissen werde, um das sittliche Gefühl frühzeitig in dem Busen eines jeden jungen Weltbürgers zu einer thätigen Empfindung zu erhöhen, damit nicht alle Feinigkeit blos auf das flüchtige und müßige Vergnügen hinauslaufe, dasjenige, was außer uns vorgeht, mit mehr oder weniger Geschmacke zu beurtheilen.

———————————